文字激扬青春
阅读点亮人生

梁晓声
2024. 7. 15
北京

我愿我能代表我们,

将我的小说,作为献给我们的父母的花儿。

倘果而在有限的程度上达到了我这一种初衷,

那是我倍觉安慰的事……

这鲜花开放在我们对父母深怀敬爱和感恩的心上……

我和一切别人一样，
从小到大，是有过多种梦想的。
几间红砖房，一个不大不小的农家院落，
院门前的水塘、驴、刷了油漆的木结构的胶轮车等等
梦想中的实景实物，
常入我梦。

若冬季,那时天已完全黑了。

我便冒着寒冷到小胡同口去迎母亲。

终于有一个人影出现,

矮小,然而"肥胖"。

那是身穿了工地上发的过膝的很厚的棉坎肩所致。

在幽蓝清冽的路灯光辉下,母亲那么快地走着。

她知道小儿女们还饿着,等着她回家胡乱做口吃的呢!

如今回想起来,

那远远望见的母亲的古怪身影,当时对我即是温馨。

原来人除了自己的躯壳需要一个家而外,
心里也需要一个"家"的。
心灵的"家"乃是心灵得以休憩的地方。
那个地方不需要格外多的财富,渴望的境界是"请勿打扰"。
是的,任何人的心灵都同样是需要休憩的。
所以心灵有时不得不从人的"家"中出走,
去寻找属于它的"家"……

梁晓声
给少年的人世间

中小学课本里的名家名作
戎闰乾 主编

梁晓声 著

慈母情深

化学工业出版社
·北京·

图书在版编目（CIP）数据

慈母情深 / 梁晓声著 ；戍闰乾主编. -- 北京 ：化学工业出版社，2025.5. --（中小学课本里的名家名作）. -- ISBN 978-7-122-47485-8

Ⅰ．I267

中国国家版本馆CIP数据核字第2025WE8489号

责任编辑：李　壬	内文排版：蚂蚁王国
责任校对：宋　玮	

出版发行：化学工业出版社（北京市东城区青年湖南街13号　邮政编码100011）
印　　装：三河市双峰印刷装订有限公司
880mm×1230 mm　1/32　印张 7¼　彩插 5　字数 180 千字
2025 年 7 月北京第 1 版第 1 次印刷

购书咨询：010-64518888
售后服务：010-64518899
网　　址：http://www.cip.com.cn
凡购买本书，如有缺损质量问题，本社销售中心负责调换。

定　价：38.00 元	版权所有　违者必究

总序
文字激扬青春,阅读点亮人生

梁晓声

我的小友、出版人许挺来信与我联系,说他策划了一套"激扬青少年悦读文库",涵盖了多种文学类型和题材,能够满足不同年龄段和阅读水平的青少年的需求。他希望我能给这套文库写篇总序,鼓励青少年朋友多读书,用文字激扬青春,靠阅读点亮人生。

于是,我很虔诚地为这一套文库作序。

青少年朋友们,为你们所出版的丛书业已不少,然而我还是要很负责任地说,这一套文库无疑是值得你们阅读的。并且我相信,如果你们真的阅读了,确实对你们的成长是有益的。这是一套专门为中小学生选编的文学类课外阅读文库,是年轻的编辑小友为开阔和丰富你们的课外阅读视野而做的一件事情。

你们都是喜欢玩"网游"的孩子吗？我知道，你们十之八九是那样的。我绝不反对你们上网，连你们喜欢玩"网游"这一点也不反对。为什么要反对呢？青少年时期，本就是爱游戏的呀。但你们每天上网多久呢？一小时？两小时？抑或更长的时间？如果仅仅上网一小时，那么我相信，你们每个星期总归还会有几小时可以读读课外书。如果每天上网两小时以上，那么我斗胆建议你，节省出一小时来，读读书吧，比如，就是这一套文库。

在信息爆炸的当下，网络内容鱼龙混杂，优劣掺半，娱乐化甚嚣尘上，你们的阅读习惯正遭受前所未有的冲击。不少孩子沉迷于手机、平板上的碎片化信息，目光被浮光掠影的短视频、快餐式网文、游戏牢牢黏住，深度阅读、沉浸式思考变得稀缺。而阅读经典作品，恰是对抗这种"阅读贫瘠"的良方。文库精选的这些经典文章，带着岁月沉淀的思想性、艺术性与可读性，是提高青少年阅读能力、写作功底的精选范本，更是提升情感态度、价值观的温润基石。

回想起我自己的年少时光，书籍是贫瘠生活里最富足的滋养。那时阅读资源有限，一本好书往往要辗转多人之手，书页翻得发皱、边角磨损，可文字性的营养丝毫不减。今日的你们何其幸运，有这样一套文库在手，海量佳作，触手可及。

故我认为,读书于青少年成长,益处不言而喻。学业上,阅读是学好语文的前提,词汇运用、语感培养、逻辑梳理,皆在读好书中获得能力的提高;长远看,精神层面更是受益无穷。书里百态人生、万千境遇,教会大家困境中咬牙坚持、与人相处时宽容豁达、目睹苦难心怀悲悯。久而久之,身上自带"书卷气",沉稳大气,伴你一生。

读书吧,青少年朋友们!就从这套文库读起吧。但愿这套文库能成为你们的架上书、枕边书。但愿这套文库能使你们渐渐成为不仅喜欢上网,也喜欢读书的人。但愿在你们中年的时候,别人谈论起你们,将会说:"噢,那是一个喜欢读书的人。""啊,那个人的书卷气质给我留下特别的印象。"

高尔基说:"书籍包含着我们的先人,以及我们同代人的灵魂,书籍似乎就是人们在全世界范围内对本身事业的谈论,就是人类心灵关于生活的记载。"

于我而言,书是贯穿一生的挚友。童年匮乏时,书籍为我打开新世界大门;创作路上,是灵感源泉与心灵慰藉。

而一位罗马皇帝的临终遗言则是:"我最初的故乡是书本。"

同学们,为自己拥有那一"故乡"而读这套文库吧!尽管我们都不会愚蠢地梦想当皇帝……

真心期望这套文库也能融入你们的生活，成为你们的知心好友。不管是识字不久的小学生，还是即将备战大考的初中生、高中生，翻开它，寻一处安静的角落沉浸其中，遇困惑、触动处多思量；读完若收获知识、心生暖意，便不枉一读。

目录

辑一　慈母情深

关于《慈母情深》　/　2

母亲　/　5

母亲养蜗牛　/　48

母亲播种过什么　/　57

我的第一支钢笔　/　62

我和橘皮的往事　/　67

温馨的意味　/　71

辑二　父爱如山

献给父母的花儿　/　82

父亲　/　84

父亲与茶 / 119

普通人 / 131

父亲的遗物 / 140

辑三　家载一生

关于"家"的絮语 / 148

关于"罐头"的记忆 / 151

兄长 / 163

给哥哥的信 / 187

"克隆"一个我 / 193

当爸的感觉 / 196

心灵的花园 / 204

我的梦想 / 211

辑一

慈母情深

关于《慈母情深》

对于父母,每一个大人的心里都会保留有这样或者那样的记忆。

以上一句话中有一个问题——按说,记忆是脑的功能,为什么大人常用"记在心里"或"铭记在心里"来表述对人和事的难忘呢?

这是因为,有些事是知识性的,而有些事是情感性的。有些人和我们的关系是社会性的关系、一般性的关系,而有些人和我们的关系却是极为亲密的,它超出了一般性的社会关系。

古代的人认为,心是主导情感的。

所以,如果某些人或某些事给我们留下的是很深的情感印象,我们就习惯地说是"记在心里"或"铭记在心里"。"铭记"的意思，那就是形容像刀刻下的痕迹一样。

人和父母的情感，是世界上最真实的情感。尤其从父母对小儿女这一方面来讲，又是最无私的情感。不爱自己小儿女的父母确乎是有的，但那是世界上很个别的不良现象。

当我们是孩子的时候，我们受到父母的种种关怀和爱护；如果我们的愿望是对于我们的成长有益的，哪怕仅仅是会带给我们快乐的，父母都会尽量地满足我们的愿望。即使因为家庭生活水平的限制，实现我们的愿望对父母来说不是一件轻而易举的事，父母也往往会无怨无悔地尽力去做。但由于我们还是孩子，在我们的愿望实现了以后，我们往往只体会到那快乐，却很少想到父母为了满足我们的愿望，自己曾克服了多少困难。

父母总是这样——将为难留给自己，将快乐给予自己的孩子们。

可以这么说，一个人从儿童时期到少年时期到青年时期，他或她的大多数愿望，全都是父母帮着实现的。比如，在《慈母情深》这篇课文中，《青年近卫军》这一部长篇小说的价格，等于母亲两天的工资。而且，当年的母亲，又是在那么糟糕的条件下辛劳工作着的。一个孩子开始体恤父母了，那就意味着他或她开始长大成人了。

《慈母情深》这一篇课文，大约节选于我的小说《母亲》。

作为作家，我为自己的父亲写出一篇小说《父亲》，它获得一九八四年的全国优秀短篇小说奖；其后我又为自己的母亲写出了一篇小说《母亲》，它获得一九八六年的《中篇小说选刊》的优秀中篇奖。

情况可能是这样，某少年报刊向我约稿，希望我为小学生们写一篇童年往事之类的短文，于是我就从《母亲》中截取了一小段寄给对方了。而题目，则肯定是编者们加的。

为什么约我写一篇"童年往事"，我却寄了一篇关于母亲的回忆性文字呢？我童年时期有趣的事情太少了吗？

比起现在的孩子，肯定是少的，但那时也还是有一些的。比如，走很远的路去郊区的野地里，一心为弟弟妹妹逮到最大的蜻蜓和最美的蝴蝶……

但比起别的事情来，这一篇课文中所记述的事情在我内心里留下的记忆最深。我就是从那一天开始体恤自己的母亲的。我也认为，我就是从那一天开始长大的。

我的小学时代，中国处于连续的自然灾害年头。无论农村还是城市，大多数人家的生活都很困难。我自己的母亲是怎样的含辛茹苦，我的同学们的母亲们，甚至我这一代人的母亲们，几乎也全都是那样的。

我想要用文字，为自己的，也是我这一代大多数人的母亲画一幅像。我想，我们常说的一个人的"爱心"，它一定是从对自己父母的体恤开始形成的。

世界上有爱心的人多了，世界就更加美好了。

一切自然界为人类造成的苦难，人类也就都能通过彼此关怀的爱心来减轻它了……

母亲[1]

　　淫雨在户外哭泣，瘦叶在窗前瑟缩。这一个孤独的日子，我想念我的母亲。有三只眼睛隔窗瞅我，都是那杨树的眼睛。愣愣地呆呆地瞅我，我觉得那是一种凝视。

　　我多想像一个山东汉子，当面叫母亲一声"妈"。

　　"妈，你咋的又不舒坦？"

　　荣成地区一个靠海边的小小村庄的山东汉子们，该是这样跟他们的老母亲说话的吗？我常遗憾它对于我只不过是"籍贯"，如同一个人的影子当然是应该有而没有其实也没什么。我无法感知父亲对那个小小村庄深厚的感情。因为我出生在

---

[1] 该文是作者梁晓声为自己的母亲写的一篇小说，《慈母情深》这篇课文就节选自《母亲》。作者曾在央视《朗读者》栏目深情朗读了这篇《慈母情深》，感动无数观众。

哈尔滨市,长大在哈尔滨市。遇到北方人我才认为是遇到了家乡人。我大概是历史上最年轻的"闯关东"者的后代——当年在一批批被灾荒从胶东大地向北方驱赶的移民中,有个年仅十二岁的孑然一身衣衫褴褛的少年,后来他成了我的父亲。

"你一定要回咱家去一趟!那可是你的根土!"父亲每每严肃地对我说,"咱"说成"砸",我听出了很自豪的意味儿。

我不知我该不该也同样感到一点儿自豪,因为据我所知那里并没有什么值得自豪的名山和古迹,也不曾出过一位什么差不多可以算作名人的人。然而我还是极想去一次。因为它靠海。

可母亲的老家又在哪里呢?靠近什么呢?母亲从来也没对我说过希望我或者希望自己能回一次老家的话。她的母亲是吉林人吗?我不敢断定。仿佛是的。母亲是出生在一个叫"孟家岗"的地方吗?好像是,又好像不是。也许母亲出生在佳木斯市附近的一个地方吧?父亲和母亲当年共同生活过的一个地方?

我很小的时候,母亲常一边做针线活,一边讲她的往事——兄弟姐妹众多,七个,或者八个。一年农村闹天花,只活下了三个——母亲、大舅和老舅。

"都以为你大舅活不成了,可他活过来了。他睁开眼,左瞧瞧,右瞧瞧,见我在他身边,就问:'姐,小石头呢?小石头呢?'我告诉他:'小石头死啦!''三丫呢?三丫呢?

三丫也死了吗？'我又告诉他：'三丫也死啦！二妹也死啦！憨子也死啦！'他就哇哇大哭，哭得憋过气去……"母亲讲时，眼泪扑簌簌地落，落在手背上，落在衣襟上，也不拭，也不抬头，一针一针、一线一线，缝补我的或弟弟妹妹们的破衣服。

"第二年又闹胡子，你姥爷把骡子牵走藏了起来，被胡子们吊在树上，麻绳蘸水抽……你姥爷死也不说出骡子在哪儿，你姥姥把我和你大舅一块儿堆搂在怀里，用手紧捂住我们的嘴，躲在一口干井里，听你姥爷被折磨得呼天喊地。你姥姥不敢爬上干井去说骡子在哪儿，胡子见了女人没有放过的。后来胡子烧了我们家，骡子保住了，你姥爷死了……"

与其说母亲是在讲给我们几个孩子听，莫如说更是在自言自语，更是一种回忆的特殊方式。这些烙在我头脑里的记忆碎片，就是我对母亲的身世的全部了解。加上"孟家岗"那个不明确的地方。

母亲她在没有成为我的母亲之前拴在贫困生活中多灾多难的命运就是如此。

后来她的命运与父亲拴在一起仍是和贫困拴在一起。

后来她成了我的母亲又将我和我的兄弟妹妹拴在了贫困上。

我们扯着母亲褪色的衣襟长大成人，在贫困中她尽了一位母亲最大的责任……我对人的同情心最初正是以对母亲的同情形成的。我不抱怨我扒过树皮捡过煤核的童年和少年，因为我曾这样分担着贫困对母亲的压迫，并且生活亦给予了我厚重的馈赠——它教导我尊敬母亲及一切以坚忍捧抱住艰辛的生活，绝不因茹苦而撒手的女人……

在这一个淫雨潇潇的孤独的日子，我想念我的母亲。隔窗有杨树的眼睛愣愣地呆呆地瞅我……

那一年我的家被"围困"在城市里的"孤岛"上——四周全是两米深的地基壑壕、拆迁废墟和建筑备料。几乎一条街的住户都搬走了，唯独我家还无处可搬。因为我家租住的是私人房产——房东欲握机向建筑部门勒索一大笔钱，而建筑部门认为那是无理取闹，结果直接受害的是我们一家。正如我在小说《黑纽扣》中写的那样，我们一家成了城市中的"鲁滨逊"。

小姨回到农村去了，在那座两百余万人口的城市，除了我们的母亲，我们再无亲人。而母亲的亲人即是她的几个小儿女。母亲为了微薄的工资在铁路工厂做临时工，出卖一个底层女人的廉价的体力。翻砂——那是男人都干得很累很危险的重活。

临时工谈不上什么劳动保护，全凭自己在劳动中格外当心。稍有不慎，便会被铁水烫伤或被铸件砸伤压伤。母亲几乎没有哪一天是不带着轻伤回家的，母亲的衣服被迸溅的铁水烧了片片的洞。

母亲上班的地方离家很远，没有就近的公共汽车可乘，即便有，母亲也必舍不得花五分钱一毛钱乘车。母亲每天回到家里的时间，总在七点半左右，吃过晚饭，往往九点来钟，我们上床睡，母亲则坐在床角，将仅仅二十支光的灯泡吊在头顶，凑着昏暗的灯光为我们补缀衣裤。当年城市里强行节电，居民不允许用超过四十支光的灯泡。而对我们家来说，节电却是自愿的，因那同时也意味着节省电费。代价亦是惨重的。母亲的双眼就是在那些年里熬坏的。至今视力很差。有时我醒来，仍见灯亮着。仍见母亲在一针一针、一线一线地缝补，仿佛就是一台自动操作而又不发出声响的缝纫机。或见灯虽亮着，而母亲却肩靠着墙，头垂于胸，补物在手，就那么睡了。有多少夜，母亲就是那么睡了一夜。清晨，在我们横七竖八陈列一床酣然梦中的时候，母亲已不吃早饭，带上半饭盒生高粱米或生大饼子，悄无声息地离开家，迎着风或者冒着雨，像一个习惯了独来独往的孤单旅者似的"翻山越岭"，跋出连条小路都没给留的"围困"地带去上班。还有不少日子，母亲加班，则我们一连几天甚至十天半月见不着母亲的面儿。只知母亲昨夜是回来了，今晨是刚走了。要不灯怎么挪地方了呢？要不锅内的高粱米粥又是谁替我们煮上的呢？

才三岁多的小妹想妈，哭闹着要妈。她以为妈没了，永远再也见不到妈了。我就安慰她，向她保证晚上准能见到妈，为了履行我的诺言，我与困顿抵抗，坚持不睡。至夜，母亲方归，精疲力竭，一心只想立刻放倒身体的样子。

我告诉母亲小妹想她。

"嗯，嗯……"母亲倦得边闭着眼睛脱衣服，一边说，"我知道，知道的。别跟妈妈说话了，妈困死了……"话没说完，搂着小妹便睡了。

第二天，小妹醒来又哭闹着要妈。我说："妈妈是搂着你睡的！不信？你看这是什么？……"枕上深深的头印中，安歇着几根母亲灰白的落发。我用两根手指捏起来给小妹看："这不是妈妈的头发吗？除了妈妈的头发，咱家谁的头发这么长？"

小妹亦用两根手指将母亲的落发从我手中捏过去，神态异样地细瞧；接着放下在母亲留于枕上的深深地被汗渍所染的头印中，趴在枕旁，守着，好似守着的是母亲……

最堪怜是中秋、国庆、新年、春节前夕的母亲，她每日只能睡上两三个小时。

五个孩子都要新衣穿，没有，也没钱买。母亲便夜夜地洗、缝、补、浆。若是冬季里，洗了上半夜搭到外边去冻着，下半夜再取回屋里，烘烤在烟筒上。母亲不敢睡，怕焦了着了。母亲是太刚强的女人，她希望我们在普天同庆的节日，没条件穿件新衣服，也要从里到外穿得干干净净。尽管是打了补丁的衣服……

她还想方设法美化我们的家。家像地窖，像窝，像土丘之间的窝。土地，四壁落土，顶棚落土。它使不论多么神通广大的女人为它而做的种种努力，都在几天内变为徒劳。母亲却常说："蜜蜂蚂蚁还知道清理窝呢，何况人！"母亲拼尽她那毫无剩余可谈的精力，也非要使我们的家在短短几天的节日里多少有点像样不可。"说不定会有什么人来！"母亲心怀这等美好的愿望，颇喜悦地劳碌着。然而没有个谁来。没有个谁来母亲也并不觉得扫兴和失望。生活没能将母亲变成个懊丧的怨天怨地的女人。母亲分明是用她的心锲而不舍地衔着一个乐观。那乐观究竟根据什么？当年的我无从知道，如今的我似乎知道了，是母亲默默地望着我们时目光中那含蓄的欣慰。她生育了我们，她就要把我们抚养成人。她从未怀疑她不能够。母亲那乐观当年所根据的也许正是这样的信念吧？唯一的始终不渝的信念。

我们依赖于母亲而活着。像蒜苗之依赖于一棵蒜。当我们到了被别人估价的时候，母亲已被我们吸收空了。没有财富和书本知识，母亲是位一无所有的母亲。她奉献满腔满怀不温不冷的心血供我们吮咂！母亲啊，妈！我的老妈妈！我无法宽恕我当年竟是那么不知心疼您、体恤您。

是的，我当年竟是那么不知心疼和体恤母亲。我以为母亲就应该是那样任劳任怨的。我以为母亲天生就是那样一个劳碌不停而又不觉累的女人。我以为母亲是累不垮的。其实母亲累垮过很多次。在夜深人静的时候，在我们做梦的时候，几回母亲瘫软在床上，暗暗恐惧于死神找到她的头上了。但第二天她总会连她自己也不可思议地挣扎了起来，又去上班……

她常对我们说："妈不会累垮，这是你们的福分。"

我们不觉得是福分，却相信母亲累不垮。

在北大荒，我吃过大马哈鱼。肉呈粉红色，肥厚、香。

乌苏里江或黑龙江的当地人，习惯用大马哈鱼肉包饺子，视它为待客的佳肴。

前不久我从电视中又看到大马哈鱼：母鱼产子，小鱼孵出。想不到它们竟是靠噬食它们的母亲而长大的。母鱼痛楚地翻滚着，扭动着，瞪大它的眼睛，张开它的嘴和它的腮，搅得水中一片红，却并不逃去，直至奄奄一息，直至狼藉成骸……

我的心当时受到了极强烈的刺激。我瞬间联想到长大成人的自己和我的母亲，联想到我们这九百六十万平方公里土地上一切曾在贫困之中和仍在贫困之中坚忍顽强地抚养子女的母亲们。她们一无所有，她们平凡、普通、默默无闻，最出色的品德可能仍是坚忍。除了自己的坚忍，她们无可依靠。然而她们也许是最对得起她们儿女的母亲！因为她们奉献的是自己。想一想那种类乎本能的奉献真令我心酸。而在她们的生命之后不乏好儿女，这是人类最最持久的美好啊！

我又联想到另一件事：小时候母亲曾买了十几个鸡蛋，叮嘱我们千万不要碰碎，说那是用来孵小鸡的。小鸡长大了，若有几只母鸡，就能经常吃到鸡蛋了。母亲满怀信心，双手一闲着，就拿起一个鸡蛋，握着，捂着，轻轻摩挲着。我不信那样鸡蛋里就会产生一个小生命。有天母亲拿着一个鸡蛋，走到灯前，将鸡蛋贴近了灯对我说："孩子，你看！鸡蛋里不是有东西在动吗？"

我看到了，半透明的鸡蛋中，隐隐地确实有什么在动。

母亲那只手也变成了红色的。那是血色呀！血仿佛要从母亲的指缝滴落下来！……

"妈妈，快扔掉！"我扑向母亲，夺下了那个蛋，摔碎在地上——蛋液里，一个不成形的丑陋的生命在蠕动。我用脚去踩踏，不是宣泄残忍，而是源自恐惧。我觉得那不成形的丑陋的生命，必是由于通过母亲的双手吸了母亲的血才变出来的！我抬起头望母亲，母亲脸色那么苍白，我内心里充满了恐惧，愈加相信我想的是对的。我不要母亲的心血被吸干！不管是那一个被我踩死了踏死了的无形的丑陋的生命，还是万恶的贫困！因为我太知道了，倘我们富有，即使生活在腐朽的棺材里，也会有人高兴来做客，无论是节日抑或寻常的日子，并且随身带来种种礼物……

"不，不！"我哭了。我嚷："我不吃鸡蛋了！不吃了！妈妈，我怕……"

母亲怒道："你这孩子真罪孽！你害死了一条小生命！你怕什么？"

我说："妈妈我是怕你死……它吸你的血……"母亲低头瞧着我，怔了一刻，默默地把我搂在怀里，搂得很紧……

小鸡终于全孵出来了，一个个黄绒似的，活泼可爱。它们渐渐长大，其中有三只母鸡。以后每隔几日，我们便可吃到鸡蛋了。但我在很长一段时间内不敢吃，对那些鸡我却有着一种特殊的情感，视它们为通人性的东西，觉得和它们有着一种血缘般的关系……

连续三年的自然灾害使我们的共和国也处在同样艰难的时期。国营商店只卖一种肉——"人造肉",淘米泔水经过沉淀之后做的。粮食是珍品,淘米泔水自然有限。

"人造肉"每户每月只能按购货本买到一斤。后来由于加工收集不到足够生产的淘米泔水,"人造肉"便难以买到了。用如今的话说,是"抢手货",想买到得"走后门儿"。

中央人民广播电台在《为人民服务》节目中,热情宣传河沟里的一层什么绿也是可以吃的,那叫"小球藻",且含有丰富的这个素那个素,营养价值极高……

母亲下班更晚了。但每天带回一兜半兜榆钱儿。我惊奇于母亲居然能爬到树上去撸榆钱儿。然而那就是她在厂里爬上一些高高的大榆钱树撸的。"有'洋辣子'吗?"我们洗时,母亲总要这么问一句。我们每次都发现有,我们每次都回答说没有。我们知道母亲像许多女人一样,并不胆小,却极怕叶上的"洋辣子"那类毛虫。

榆钱儿当年对我们来说是佳果。我们只想到母亲可别由于害怕"洋辣子"就不敢给我们再撸榆钱儿了。如果月初,家中有粮,母亲就在榆钱儿中拌点豆面,和了盐,蒸给我们吃。好吃。如果没有豆面,母亲就做榆钱儿汤给我们喝。不但放盐,还放油。好喝。

有天母亲被工友搀了回来——母亲在树上撸榆钱儿时,忽见自己遍身爬满"洋辣子",惊掉下来……

我对母亲说:"妈,以后我跟你到厂里去吧,我比你能爬树，我不怕'洋辣子'……"

母亲抚摸着我的头说："儿啊，厂里不许小孩进。"

第二天，我还是执拗地跟母亲去上班了。无论母亲说什么，把门的始终摇头，坚决不许我进厂。我只好站在厂门外，眼睁睁瞧着母亲一人往厂里走，不回家，我想母亲绝不会将我丢在厂外的。不一会儿，我听到母亲在低声叫我。见母亲已在高墙外了，向我招手。我趁把门的不注意，沿墙溜过去，母亲赶紧扯着我的手跑，好大的厂，好高的墙。跑了一阵，跑至一个墙洞口，工厂从那里向外排污水，一会儿排一阵，一会儿排一阵。在间隔的当儿，我和母亲先后钻入到了厂里。面前榆林乍现，喜得我眉开眼笑。心内不禁就产生了一种自私的占有欲——都是我家的树多好！那我就首先把那个墙洞堵上，再养两条看林子的狗，当然应该是凶猛的狼狗！

母亲嘱咐我："别到处乱走。被人盘问就讲是你自己从那个洞钻进来的。千万别讲出妈妈，要不妈妈该挨批评了！走时，可还要钻那个洞！"母亲说完，便匆匆离开了。

我撸了满满一粮袋榆钱儿，从那个洞钻出去，扛在肩上，心内乐滋滋地往家走，不时从粮袋中抓一把榆钱儿，边走边吃。

结果我身后跟随了一些和我年龄差不多的孩子，馋涎欲滴地瞅着我咀嚼的嘴。

"给点儿！"

"给点儿吧！"

"不给，告诉我们在哪儿的树上撸的也行！"

我不吭声,快快地走。

"再不给就抢了啊!"

我跑。

"抢!"

"不抢白不抢!"

他们追上我,推倒我。抢……

我从地上爬起时,"强盗"们已四处逃散,连粮袋儿也抢去了。我怔怔地站着,地上一片踏烂的绿。我怀着愤恨走了。回头看,一位老妪在那儿捡……

母亲下班后,我向母亲哭述自己的遭遇,凄凄惨惨戚戚。母亲听得很认真。凡此种种,母亲总先默默听,不打断我的话,耐心而怜悯的样子。直至她的儿女们觉得没什么补充的了,母亲才平静地做出她的结论。

母亲淡淡地说:"怨你。你该分给他们些啊,你撸了一口袋呀!都是孩子,都挨饿。你那么小气,他们还不抢你吗?往后记住,再碰到这种事儿,惹人家动手抢之前,先就主动给,主动分。别人对你满意,你自己也不吃亏……"

母亲往往像一位大法官,或者调解员,安抚着劝慰着小小的我们与社会的血气方刚的冲突,从不长篇大论一套套地训导。一向三言两语,说得明明白白,是非曲直,尽在谆谆之中。并且表现出仿佛绝对公正的样子,希望我们接受她的逻辑。我们接受了,母亲便高兴,夸我们:好孩子。而母亲的逻辑是善良的逻辑,包含有一个似无争亦似无奈的"忍"

字。仅仅为使母亲高兴,我们也唯有点头而已。

可能自幼忍得太多了吧,后来于我的性格中,遗憾地生出了不屈不忍的逆反。如今三十九岁的我,与人与事较量颇多,不说伤疤累累,亦是擦伤遍体。每每咀嚼母亲过去的告诫,便厌恶自己是个犟种。忏悔既深久,每每克己地玩味起母亲传给我的一个"忍"字。或反之逆反,或曰"二律背反"也未尝不可,却又常于"克己复礼"之后而疑问重重。弄不清作为一个人,那究竟是好呢还是不好?……

一场雨后,榆钱儿变成了榆树叶。榆树叶也能做"小豆腐",做榆树叶汤,滑滑溜溜的,仿佛汤里加了粉面子。然而母亲厂里的食堂将那片榆树林严密地看管起来了,榆树叶成了工人叔叔和阿姨的佐餐之物。

别了,暄腾腾的"小豆腐"……

别了,绿汪汪的"滑溜溜"……

别了,整个儿那一片使我产生强烈的占有欲并幻想饲以狼狗严守的榆树林……

我们是社会主义国家,共产主义分配原则,可做"小豆腐"、可做"滑溜溜"的榆树叶儿"共产"起来,原本也是情理之中的事儿。倒是我那占为己有的阴暗的心思,于当年论道起来,很有点儿自发的资产阶级利己思想的意味儿。不过我当年既未忏悔,也未诅咒过自己。

母亲依然有东西带给我们,鼓鼓的一小布包——扎成束的狗尾巴草。狗尾巴草不能做"小豆腐"吃,不能做"滑溜溜"

喝，却能编毛茸茸的小狗、小猫、小兔、小驴、小骆驼……

母亲总有东西带回给每日里眼巴巴地盼望她下班的孤苦伶仃的孩子们。母亲不带点什么，似乎就觉得很对不起我们。不论何种东西，可代食的也罢，不可代食的也罢；稀奇的也罢，不稀奇的也罢，从母亲那破旧的小布包抖搂出来，似乎便都成了好东西。哪怕在别的孩子们看来是些不屑一顾的东西。重要的仅仅在于，我们感受到母亲的心里对我们怀着怎样的一片慈爱。那乃是艰难岁月里绝无仅有的营养供给，是高贵的"代副食"啊！母亲是深知这一点的。

某天，放学回家的路上，我被一辆停在商店门口的马车所吸引。瘦马在阴凉里一动不动，仿佛处于思考状态的一位哲学家。老板子躺在马车上睡觉，而他头下枕的，竟是豆饼，四分之一块啊！

我同学中有一个是区长的儿子，有次他将一个大包子分给我和几个同学吃，香得我们吃完了直咂嘴巴。

"这包子是啥馅的？"

"豆饼！"

"豆饼？你们家从哪儿弄的豆饼？"

"他爸是区长嘛！"

我们不吭声了。豆饼是艰难岁月里一位区长的特权。

就是豆饼……

我绕着那辆马车转了一圈儿，又转一圈儿，猜测那老板子真是睡着了，就动手去抽那块豆饼。老板子并未睡着，四十来岁的农村汉子微微睁开眼瞅我,我也瞅他。

他说:"走开。"

我说:"走就走。"

偷不成,只有抢了!我猛地从他头下抽出了那四分之一块豆饼,吓得他的头在车板上咚地一响。他又睁开了眼,瞅着我发愣。我也看着他发愣。

"你……"

我撒腿便跑,抱着那四分之一块豆饼,沉甸甸的。

"豆饼!我的豆饼!站住!……"憎恚中的老板于待我跑开了挺远才明白过来是怎么一回事,边喊边追我。我跑得更快了,像只袋鼠似的,在包围着我的家的复杂地形中逃窜,自以为甩掉了追赶着的尾巴,紧紧张张地撞入家门。

母亲愕问:"怎么回事?哪儿来的豆饼?"

我着急忙慌,前言不搭后语地说:"妈快把豆饼藏起来……他追我!……"却仍紧紧抱着豆饼,蹲在地上喘作一团。

"谁追你?"

"一个……车老板……"

"为什么追你?"

"妈你就别问了!……"母亲不问了,走到了外面,我自己将豆饼藏到箱子里,想想,也往外跑。

"往哪儿跑?"母亲喝住了我。

"躲那儿!"我朝沙堆后一指。

"别躲!站这儿。"

"妈！不躲不行！他追来了，问你，你就说根本没见到一个小孩子！他还能咋的？……"

"你敢躲起来！"母亲变得异常严厉，"我怎么说，用不着你教我！"

只见那持鞭的老板，汹汹地出现，东张西望一阵，向我家这儿跑来。他跑到我和母亲跟前，首先将我上下打量了足有半分钟。因我站在母亲身旁，竟有些不敢贸然断定就是我夺了他的豆饼，手中的鞭子不由背到了身后去。

"这位大姐，见一个孩子往这边跑了吗？抱着不小一块豆饼……"

我说："没有没有！我们连个人影也没看见！"

"怪了，明明是往这边跑的啊！"他自言自语地嘟囔，"我挺大个老爷们儿，倒被这个孩子明抢明夺了，真是跟谁讲谁都不相信。"他悻悻地转身欲走。

"你别走。"不料母亲叫住他，说，"你追的就是我儿子。"

他瞪着我，又瞪着母亲，似欲发作，但克制着，几乎是有几分低声下气地说："大姐你千万别误会，我可不是想怎么你的儿子！鞭子……是顺手一操……还我吧，那是我今明两天的口粮啊……"一副农村人在城里人面前明智的自卑模样。

母亲又对我说："听到了吗？还给人家！"

我怏怏地回到屋里，从粮柜内搬出那块豆饼，不情愿地走出来，走到老板子跟前，双手捧着还他。他将鞭杆往后腰带斜着一插，也用双手接过，瞧着，仿佛要看出是不是小了。

母亲羞愧地说："我教子不严，让你见笑了啊！你心里的火，也该发一发。或打或骂，这孩子随你处置！……"

"老大姐，言重了！言重了！我不是得理不让人的人，算了算了，这年头，好孩子也饿慌了！……"他反而显得难为情起来。

"还不鞠个躬，认个错！"在母亲严厉目光的威逼之下，我被人按着脑袋似的，向那车老板鞠了个草草的躬。

我家的斧头，给一截劈柴夹着，就在门口。车老板一言不发，拔下斧头，将豆饼垫在我家门槛上，嘿嘿几下，砍得豆饼碎屑纷落，砍为两半。他一手拿起一半，双手同时地掂了掂，递给母亲一半，慷慨地说："大姐，这一半儿你收下！"

"那怎么行，这是你的干粮啊！"母亲婉拒。老板子硬给，母亲婉拒不过，只好收了，进屋去，拿出两个窝窝头和一个咸菜疙瘩给那车老板。又轮到那车老板拒而不收。最后呢，见母亲一片真心实意，终于收了。从头上摘下单帽，连豆饼一块儿兜着，连说："真是的，真是的，倒反过来占了你们个大便宜，怪不像话的！……"

他在围困着我们家的地基壕堑、沙堆、废墟和石料场之间择路而去，插在后腰带上的长杆儿鞭子，似"天牛"的一条触角。

"你呀，今天好好想想吧！"直至吃晚饭前，母亲只对我说了这么一句话。不理睬我，也不吩咐我干什么活儿。而这是比打我骂我，更使我悲伤的。

端起饭碗时，我低了头，嗫嚅地说："妈，我错了……"

"抬头。"我罪人一般抬起头，不敢迎视母亲的目光。

"看着妈。"

母亲脸上，庄严多于谴责。

"你们都记住，讨饭的人可怜，但不可耻。走投无路的时候，低三下四也没什么。偷和抢，就让人恨了！别人多么恨你们，妈就多么恨你们！除了这一层脸面，妈什么尊贵都没有！你们谁想丢尽妈的脸，就去偷，就去抢……"

母亲落泪了。

我们都哭了……

夏天和秋天扯着手过去了，冬天咄咄地来了。我爱过冬天，大雪使我家周围的一切肮脏都变得洁白一片了；我怕过冬天，寒冷使我家孤零零的低矮的小破屋变成了冰窖。

那一年冬天我们有了一个伴儿——一条小狗。我在放学回家的路上发现了它，被大雪埋住，只从雪中露出双耳。它绊了我一跤。我以为是条死狗，用脚拨开雪才看出它还活着，快冻僵了。它引起了我的怜悯。于是它有了一个家，我们有了一个伴儿。一条漂亮的小狗，白色、黑花，波兰奶牛似的。脖子上套着皮圈儿，皮圈儿上缀着一个小铜牌儿，小铜牌儿上压印出个"3"。它站立不稳，常趴着，走起来踉踉跄跄，前足抬得高高的，不顾一切地一踏，于是下巴也狠狠触地。幸亏下巴触地，否则便一头栽倒了。喂它米汤喝，竟不能好好喝。嘴在破盆四周乱点一通，五六遭方能喝到一口米汤。起初我以为它是只瞎狗，试它眼睛，却不瞎。而那双怯怯的狗眼，流露着无限的人性，哀哀地乞怜着。我便怀疑它不过是被冻的。它漂亮而笨拙，如同一个患羊痫风的漂亮的小女孩，它那双褐色的狗眼，不但是通人性的，且仿佛是充分女性的。我并未因其笨拙而产生厌恶。弟弟妹妹们也是。

我们那么需要一个小朋友，而它可以被当成一个小朋友，就是这样。

母亲下班回到家里，呆呆地瞅着那狗吃和走的古怪样子，愣了半晌，惊问："这是什么？"

我回答："狗。"

"扔出去！"母亲大吼，"快给我扔出去！"

我说："不！"

弟弟妹妹们也齐声嚷："不扔！不扔！"

"都不听话啦？"母亲一把抓起了笤帚，高举着先威胁的是我，"看我挨个儿打你们！"

我赶紧护住头："就不许我们喜欢个什么东西吗？"

弟弟妹妹们也齐声表示抗议："就不许我们养条喜欢的狗吗？就不许我们有个捡来的伴儿吗？"

母亲吼道："不许！"笤帚却高举着，没即刻落到我头上。

我大胆争辩："你说过的，对人要心善！"

"可它不是人！"母亲举着的手臂放下了，"人都吃糠咽菜的年月，喂它什么？还是这么条狗！"

我说:"我那份饭分它吃。"弟弟妹妹们也说:"还有我们!"母亲长长叹了口气,逐个儿瞧我们,垂下了手臂。

在一中住读的哥哥那天晚上也回家了,研究地望着那条狗说:"我知道了,这是条被医院做实验的狗,跑出来了!老师带我们到医院参观过,那些狗脖子上挂的都是这种编了号码的小铜牌儿。肯定做的是小脑实验,所以它失去平衡机能了,生物课本上讲到过这一点。不养它,它死路一条……"

可怜的我们的小朋友!母亲又长长地叹了一口气,不知是因狗,还是因她的儿女们集体的发难。宽容的我们的母亲……

那一条狗,也是可以和我们在雪地上玩耍的。感谢上帝,它的大脑里的狗性是没被人做过什么实验的。它那种古怪的滑稽的笨拙的动态,使我们发出一串串笑声,足以安慰我们幼小的孤独的心灵。雪地上留下一片片生动的足迹,我们的和狗的……

一天上午,趴在窗前朝外望的三弟突然不安地叫我:"二哥你快看!"外面,几个大汉在指点雪地上的足迹,他们朝我家走来。

"是想抢我们的狗吧?"我也不安了,惶惶地将"3号"藏入破箱子内,将小妹抱到箱子盖上坐着。

大汉们在敲门了。他们高叫:"我们是打狗队的!"

"我们家没养狗!"

然而他们闯入家中。"没养狗?狗脚印一直跑到你家门口！"

"它死了。"

"死了？死了的我们也要！"

"我们留着死狗干什么？早埋了。"

"埋了？埋哪儿？领我们去挖出来看看！"

"房前屋后坑坑洼洼的，埋哪儿我们忘了。"

他们不相信，却不敢放肆搜查，这儿瞧瞧，那儿瞅瞅，大扫其兴地走了……

"他们既然是打狗队的，既然没相信你们的话，就绝不会放过它的……"晚上，母亲为我们的"小朋友"表现出了极大的担心。

我说："妈，你想办法救它一命吧！"

母亲问："你们不愿失去它？"

我和弟弟妹妹们点头。

母亲又问："你们更不愿它死？"

我和弟弟妹妹们仍点头。

"要么，你们失去它；要么，你们将会看到打狗队的人，当着你们的面儿活活打死它，你们都说话呀！"

我们都不说话。

母亲从我们的沉默中明白了我们的选择。

母亲默默地将一个破箱子腾空，铺一些烂棉絮，放进两个掺了谷糠的窝窝头，最后抱起"3号"，放入箱内，我注意到，母亲抚摸了一下小狗。

我将一张纸贴在箱盖里面儿，歪歪扭扭地写的是——别害它命，它曾是我们的小朋友。

我和母亲将箱子搬出了家，拴根绳子，我们拖着破箱子在冰雪上走。月光将我和母亲的身影映在冰雪上。我和母亲的身影一直走在我们前边。不是在我们身后或在我们身旁，一会儿走在我们身后一会儿走在我们身旁的是那一轮白晃晃的大月亮。

不知道为什么月亮那一个晚上始终跟随着我和我的母亲。

半路我捡了一块冰坨子放入破箱子里。我想"3号"它若渴了就舔舔冰吧！

我和母亲将破箱子遗弃在离我家很远的一个地方……

第二天是星期日。母亲难得休息一个星期日，近中午了母亲还睡得很实。我们难得有和母亲一块儿睡懒觉的时候，虽早醒了也都不起。失去了我们的"小朋友"，我们觉得起早也是个没意思。

"堵住它！别让它往那人家跑！"

"打死它！打呀！"

"用不着逮活的！给它一锹！"

男人们兴奋的声音乱喊乱叫。

"妈！妈！"

"妈妈！"我们焦急万分地推醒了母亲。

母亲率领衣帽不齐的我们奔出家门，见冬季停止施工的大楼角那儿，围着一群备料工人。

母亲率领我们跑过去一看，看见了吊在脚手架上的一条狗，皮已被剥下一半儿，一个工人还正剥着。

母亲一下子转过身，将我们的头拢在一起，搂紧，并用身体挡住我们的视线。

"不是你们的狗！孩子们，别看，那不是你们的狗……"然而我们都看清了——那是"3号"，是我们的"小朋友"。白黑杂色的漂亮的小狗，剥了皮的身躯比饥饿的我们更显得瘦，小女孩般的通人性的眼睛死不瞑目……

母亲抱起小妹，扯着我的手，我的手和两个弟弟的手扯在一起。我们和母亲匆匆往家走，不回头，不忍回头。

我们的"小朋友"的足迹在离我家不远处中断了，一摊血仿佛是个句号。

自称打狗队的那几个大汉，原来也是备料工人。不一会儿，他们中的一个来到了我家里，将用报纸包着的什么东西放在桌上。

母亲狠狠地瞪他。他低声说："我们是饿急眼了……两条后腿……"

母亲说："滚！"

他垂了头往外边走。

母亲喝道："带走你拿来的东西！"他的头垂得更低，转身匆匆拿起了送来的东西……

雨仍在下，似要停了，却又不停，窗前瑟缩的瘦叶是被洗得绿生生的了。偶尔还闻一声寂寞的蝉吟。我知道的，今天准会有客来敲我的家门——熟悉的，还是陌生的呢？我早已是有家之人了。弟弟妹妹们也都早是有家之人了。当年贫寒的家像一只手张开了，再也攥不到一起。母亲自然便失落了家，歇栖在她儿女们的家里。

在她儿女们的家里有着她极为熟悉的东西——那就是依然贫寒，受着居住条件的限制，一年中的大部分日子，母亲和父亲两地分居。

那杨树的眼睛隔窗瞅我，愣愣地呆呆地瞅我。古希腊和古罗马雕塑低沉的眼睛，大抵都是那样子的，冷静而漠然。但愿谁也别来敲我的家门，但愿。在这一个孤独的日子让我想念我的老母亲，深深地想念……

我忘不了我的小说第一次被印成铅字时的那份儿喜悦。我日夜祈祷的就是这回事儿。真是的，我想我该喜悦，却没怎么喜悦。避开人我躲在一个地方哭了，那一刻我最想我的母亲……

我的家搬到光仁街，已经是一九六三年了。那地方，一条条小胡同仿佛烟鬼的黑牙缝，一片片低矮的破房子仿佛是一片片疥疮，饥饿对于普通的人们的严重威胁毕竟开始缓解。我是小学五年级的学生了，我已经有三十多本小人书了。

"妈，剩的钱给你。"

"多少？"

"五毛二。"

"你留着吧。"

买粮、煤、劈柴回来，我总能得到几毛钱。母亲给我，因为知道我不会乱花，只会买小人书。每个月都要买粮买煤买劈柴，加上母亲平日给我的一些钢镚儿，渐渐积攒起就很可观，积攒到一元多，就去买小人书。当年小人书便宜，厚的三毛几一本，薄的才一毛几一本。母亲从不反对我买小人书。

我还经常去出租小人书。在电影院门口、公园里、火车站。有一次火车站派出所一位年轻的警察，没收了我全部的小人书，说我影响了站内秩序。

我一回到家就号啕大哭。我用头撞墙。我的小人书是我巨大的财富，我觉得我破产了，从绰绰富翁变成了一贫如洗的穷光蛋。我绝望得不想活。想死。我那可怜的样子，使母亲为之动容。于是她带我去讨还我的小人书。

"不给！出去出去！"车站派出所年轻的警察，大檐帽微微歪戴着，上唇留撇小胡子，一副葛列高利❶那种桀骜不驯的样子。母亲代我向他承认错误，代我向他保证以后绝不再到火车站租小人书，话说了许多，他烦了，粗鲁地将母亲和我从派出所推出来。

母亲对他说："不给，我就坐台阶上不走。"

他说："谁管你！"砰地将门关上了。

---

❶ 苏联作家肖洛霍夫创作的长篇小说《静静的顿河》中的男主人公。

"妈，咱们走吧，我不要了……"我仰起脸望着母亲，心里一阵难过。亲眼见母亲因自己而被人呵斥，还有什么事比这更令一个儿子内疚的？

"不走。妈一定给你要回来！"母亲说着，就在台阶上坐了下去，并且扯我坐在她身旁，一条手臂搂着我。

另外几位警察出出进进，连看也不看我们。

"葛列高利"也出来了一次："还坐这儿？"

母亲不说话，不瞧他。

"嘿，静坐示威……"他冷笑着又进去了……

天渐黑了。派出所门外的红灯亮了，像一只充血的独眼，自上而下虎视眈眈地瞪着我们。我和母亲相依相偎的身影被台阶斜折为三折，怪诞地延长到水泥方砖广场，淹在一汪红晕里。我和母亲坐在那儿已经近四小时。母亲始终用一条手臂搂着我。我觉得母亲似乎一动也没动过，仿佛被一种持久的意念定在那儿了。

我想我不能再对母亲说——"妈，我们回家吧！"那意味着我失去的是三十几本小人书，而母亲失去的是被极端轻蔑了的尊严，一个自尊的女人的尊严。我不能够那样说……

几位警察走出来了，依然并不注意我们，纷纷骑上自行车回家去了。

终于"葛列高利"又走出来了："嗨，我说你们想睡在这儿呀？"母亲不看他，不回答，望着远处的什么。

"给你们吧！""葛列高利"将我的小人书连同书包扔

在我怀里。

母亲低声对我说:"数数。"语调很平静。我数了一遍,告诉母亲:"缺三本《水浒》。"母亲这才抬起头来,仰望着"葛列高利",清清楚楚地说:"缺三本《水浒》。"

他笑了,从衣兜里掏出三本小人书扔给我,嘟囔道:"哟嗬,还跟我来这一套……"母亲终于拉着我起身,昂然走下台阶。

"站住!""葛列高利"跑下了台阶,向我们走来,他走到母亲跟前,用一根手指将大檐帽往上捅了一下,接着抹他的那一撇小胡子。我不由得将我的"精神食粮"紧抱在怀中。母亲则将我扯近她身旁,像刚才坐在台阶上一样,又用一条手臂搂着我。

"葛列高利"以将军命令两个士兵那种不容违抗的语言说:"等在这儿,没有我的允许不准离开!"

我惴惴地仰起脸望着母亲。"葛列高利"转身就走。他却是去拦截了一辆小汽车,对司机大声说:"把那个女人和孩子送回家去。要一直送到家门口!"

我买的第一本长篇小说是《青年近卫军》,一元多钱。母亲还从来没有一次给过我这么多钱。我还从来没有向母亲一次要过这么多钱。我的同代人们,当你们也像我一样,还是一个小学五年级学生的时候,如果你们也像我一样,生活在一个穷困的普通劳动者家庭的话,你们为我做证,有谁曾在决定开口向母亲要一元多钱的时候，内心里不缺少勇气？

当年的我们，视父母一天的工资是多么非同小可啊！但我想有一本《青年近卫军》想得整天失魂落魄，无精打采。我从同学家的收音机里听到过几次《青年近卫军》长篇小说连续广播。那时我家的破收音机已经卖了，被我和弟弟妹妹们吃进肚子里了。直接吃进肚子里的东西当然不能取代"精神食粮"。我那时还不知道什么叫"维他命"，更没从谁口中听说过"卡路里"，但头脑却喜欢吞"革命英雄主义"，一如今天的女孩子们喜欢嚼泡泡糖。

在自己对自己的怂恿之下，我去到母亲的工厂向母亲要钱。母亲那一年被铁路工厂辞退了，为了每月三十元的收入，又在一个街道小厂上班。一个加工棉胶鞋帮的作坊式的街道小厂。

一排破窗，至少有三分之一埋在地下了。门也是，所以只能朝里开。窗玻璃脏得失去了透明度，乌玻璃一样。我不是迈进门而是跃进门去的。我没想到门里的地面比门外的地面低半米。一张踏脚的小条凳权做门里台阶，我踏翻了它，跌进门的情形如同掉进一个深坑。

那是我第一次到母亲为我们挣钱的那个地方。空间非常低矮，低矮得使人感到心里压抑。不足两百平方米的厂房，四壁潮湿颓败，七八十台破缝纫机一行行排列着，七八十个都不算年轻的女人忙碌在自己的缝纫机后。因为光线阴暗，每个女人头上方都吊着一只灯泡。正是酷暑炎夏，窗不能开，七八十个女人的身体和七八十只灯泡所散发的热量，使我感到犹如身在蒸笼。

那些女人热得只穿背心。有的背心肥大，有的背心瘦小，有的穿的还是男人的背心，暴露出相当一部分丰厚或者干瘪的胸脯，千奇百怪。毡絮如同褐色的重雾，如同漫漫的雪花，在女人们在母亲们之间纷纷扬扬地飘荡。而她们不得不一个个戴着口罩。女人们母亲们的口罩上，都有三个实心的褐色的圆。那是因为她们的鼻孔和嘴的呼吸将口罩浸湿了，毡絮附着在上面。女人们母亲们的头发、臂膀和背心也差不多都变成了褐色的，毛茸茸的褐色。我觉得自己恍如置身在山顶洞人时期的女人们母亲们之间。我呆呆地将那些女人们母亲们扫视一遍，却发现不了我的母亲。七八十台破缝纫机发出的噪声震耳欲聋。

"你找谁？"一个用竹篾拍竹毡絮的老头对我大声嚷，却没停止拍打，毛茸茸的褐色的那老头像一只老雄猿。

"找我妈！"

"你妈是谁？"

我大声说出了母亲的名字。

"那儿！"老头朝最里边的一个角落一指。

我穿过一排缝纫机，走到那个角落，看见一个极其瘦弱的毛茸茸的褐色的脊背弯曲着，头凑近在缝纫机机板上。周围几只灯泡的电热烤我的脸。

"妈……"

"妈……"

背直起来了，我的母亲，转过身来了，我的母亲。肮脏的毛茸茸的褐色的口罩上方，眼神儿疲竭的我熟悉的一双眼睛吃惊地望着我，我的母亲的眼睛。

母亲大声问："你来干什么？"

"我……"

"有事快说，别耽误妈干活！"

"我……要钱……"我本已不想说出"要钱"两字，可是竟说出来了！

"要钱干什么？"

"买书……"

"多少钱？"

"一元五角就行……"

母亲翻出衣兜，掏出一卷毛票，用指尖龟裂的手指点着。旁边一个女人停止踏缝纫机，向母亲探过身，喊："大姐，别给！没你这么当妈的！供他们吃，供他们穿，供他们上学，还供他们看图书哇！……"又对我喊："你看你妈这是在怎么挣钱？你忍心朝你妈要钱买图书哇！……"

母亲却已将钱塞在我手心里了，大声回答那个女人："谁叫我们是当妈的啊！我挺高兴他爱看书的！"母亲说完，立刻又坐了下去，立刻又弯曲了背，立刻又将头俯在缝纫机机板上，立刻又陷入手脚并用的机械忙碌状态……那一天我第一次发现，我的母亲原来是那么瘦小，竟快是一个老女人了！

那时我努力要回忆起一个年轻母亲的形象，竟回忆不起母亲她何时年轻过。

那一天我第一次觉得我长大了，应该是一个大人了，并因自己十五岁了才意识到自己应该是一个大人了而感到羞愧难当，无地自容。我鼻子一酸，攥着钱跑了出去……

那天我用那一元五毛钱给母亲买了一听水果罐头。

"你这孩子，谁叫你给我买水果罐头的？不是你说买书，妈才会舍得给你钱的吗？"那一天母亲数落了我一顿，数落完了我，又给我凑足了买《青年近卫军》的钱……

我想我没有权利用那钱再买任何别的东西，无论为自己还是为母亲。

从此我有了第一本长篇小说……后来我有了第二本、第三本、第四本、第五本……《钢铁是怎样炼成的》《牛虻》《勇敢》《幸福》……我再也没因想买书而开口向母亲要过钱。

我是大人了，我开始挣钱了——拉小套。在火车站货运场、济虹桥坡下、市郊公路上……用自己辛辛苦苦挣的钱买书时，你尤其会觉得你买的乃是世界上最值得花钱、最好的东西。于是我有了三十几本长篇小说。十五岁的我爱书如同女人之爱美，向别人炫耀我的书是我当年最大的虚荣。

三年后几乎一切书都成了"毒草"。学校在烧书。图书馆在烧书。一切有书的家庭在烧书。自己不烧，别人会到你家里查抄，结果还是免不了被烧，普通的人们的家庭只剩下了一个人的书，并且要摆在最显眼的地方。街道也成了"无产阶级文化大革命执行委员会"——使命之一也是挨家挨户查抄"毒草"焚烧之。

"老梁家的,听说你们这个院儿里,顶数你们家孩子买的黑书多啦,通通交出来吧!"

面对闯入家中的人们,母亲镇定地声明:"我是文盲,不知哪些书是黑书。"

"除了毛主席的书,全是黑书、毒草。这个简单明白的革命道理文盲也是应该懂得的!"

"我儿子的书,我已经烧了,烧光了,现时我家只有那几本红宝书啦。"母亲指给他们看。

他们怀疑。母亲便端出一盆纸灰:"怕你们不信,所以保留着纸灰给你们验证。若从我家搜出一本黑书,你们批判我。"

"听说你儿子几十本书呢,就烧成这么一盆纸灰?"

"都烧了,十来盆呢。我不过只保留了一盆给你们看。"母亲分外虔诚老实的样子。他们信了。

他们走时,母亲问:"那么这一盆纸灰我也可以倒了吧?"

他们善意地说:"别倒哇!留着,好好保留着。我们信了,兴许我们今后再来查一遍的人们还不信呀,保留着是有必要的!"

纸灰是预先烧的旧报,我的书,早已在母亲的帮助下,糊在顶棚上了。

我下乡前,撕开糊棚纸,将书从顶棚取下,放在一只箱子里,锁了,藏在床下最里头。我将钥匙交给母亲时说:"妈,你千万别让任何人打开那箱子。"

母亲郑重地接过钥匙:"你放心下乡去吧!若是咱家失火了,我也吩咐你弟弟妹妹们抢救那箱子。"

我信任母亲。但我离开城市时,心怀着深深的忧郁。我的书我的一个世界上了锁,并且由我的母亲像忠仆一样替我保管,我没有什么可不放心的。然而谁来替我分担母亲的愁苦呢?即使是能够分担一点点?

我知道,不久三弟也是要下乡的,接着将会轮到四弟。那么家中就只剩下挑不动水的妹妹、疯了的哥哥和我瘦小的憔悴的积劳成疾的母亲了!我们将只能和父亲一样,从相反的两个方向——大东北和大西北遥遥地关注我们日益破败的家了……

母亲越是刚强地隐藏着愁苦,我越是深深地怜悯母亲。上苍保佑,我的家并未失过火,却因房屋深陷地下,如同母亲挣钱的那个小厂一样,夏季里不知被雨水淹了多少次。

一九七九年,时隔五载,我第一次从北京回去探家,帮助母亲从家中清除破烂东西,打床底下拖出那只挺沉的箱子,它布满了滑溜溜的霉苔。

我问母亲:"妈,这箱子里装的什么呀?"母亲看着,回忆着,和我一样想不起来。

"妈,把打开这锁的钥匙给我……"

"妈也记不清楚哪把钥匙是开这把锁的了,你试试吧!"

母亲从兜里掏出一串钥匙给我。

锁已锈死,哪一把钥匙也打不开,最后被我用砖头砸开了。掀开箱盖,一股霉味直冲鼻腔。一箱子书成了一箱子发黄的碎纸。碎纸中有几个粉红色的小小的生命在钻动,像刚刚被剁下来的保养得极润的女人手指。我砰地关上了那箱子盖,并用双手使劲按住,仿佛箱子内有一个面目狰狞的魔鬼。即使将世界装在那样一口箱子里也是会发霉的。

"那箱子里到底是什么啊?"母亲困惑地又问了一句……

父亲带着一颗受了伤的心离开北京回四弟家中去住了,我致信三弟希望母亲能到北京来住。这是一九八五年的事。算起来我有六年未见母亲了。父亲的走,使我更加想念母亲。我心中常被一种潜在的恐慌所滋扰,我总觉得一个不可避免的事实伏在距离我很近的日子里,当它突然跃到我跟前时,我不知如何承受那悲哀和内疚和惭愧。

母亲便很快来到了北京。母亲是感知到了我的心情吗?

我和妻每夜宿在办公室,将我们那十三平方米的小小居室让给了母亲和安徽小阿姨秀华和我们三岁半的儿子。一老一少两个女人和一个孩子夜夜挤在一张并不宽大的硬床上。

母亲满口全是假牙了。

母亲的眼病更严重了。

"你是她什么人?"在积水潭医院眼科,医生对母亲的双眼仔细检查了一番后,冷冷地问我。

"儿子。"

"为什么到了这种地步才来看？"

我无言以对，我知道弟弟妹妹们为了治好母亲的眼睛，已是付出了许多儿女的义务和孝心，我也听出了医生话中谴责的意味。

"眼翳是难以去除了，太厚，手术效果不会理想的，而且也极可能伤到瞳仁……"

"那——至少，是应该可以植假睫毛的吧？……"可怜的母亲，双眼连一根睫毛也没有了，丧失了保护的眼睛常被炎症所苦。

"应该想到的事，你不认为你想到得有些晚了吗？眼皮已经这么松弛了，植了假睫毛还是会向内翻，更增加痛苦。"

"那……"

"多大年纪了？"

"六十七了。"

"哦，这么大年纪了……开几瓶常用药水吧，每天给你母亲点几次，保持眼睛卫生……这更现实些……"

我搀扶着母亲，兜里揣着几瓶眼药水，缓慢地往医院外面走。

默默地我不知对母亲说什么话好。十五岁那一年，我去到母亲为养活我们而挣钱的那个地方的一幕幕情形，从此以后更经常地浮现在我脑际，竟至使我对类似踏破缝纫机的一切声音和一切近于褐色的颜色产生极度的敏感。

"儿,你替妈难过了?别难过,医生说得对,妈这么大年纪了,治好治不好的又怎么样呢!……"

八岁的儿子,有着比我在十五岁时数量多的"书"——《卡通连环画册》《看图识字》《幼儿英语》《智力训练》什么什么的。妻的工资并不高,甚至可以说是"低收入阶层",却很相信"智力投资"这一类宣传。如这等模样的书,妻也看,儿子也看,因为妻得对儿子进行启蒙式教育。倘我在写作,照例需要相对的安静,则必得将全部的书摊在床上或地下,一任儿子作践,以摆脱他片刻的纠缠。结果更值得同情的不是我,而是他的那些"书"。

触目皆是儿子的"书",将儿子的爸爸的"读物"从随手可取排挤到无可置处,我觉得愤愤不平,看着心乱。既要将自己的书进行"坚壁清野",又要对儿子的"书"采取"三光政策",定期对儿子那些被他作践得很惨的"书"加以扫荡,毫不吝惜。

这时候,母亲每每跟着我踱出家门,站于门口,望我将那些"书"扔到哪儿去了,随后捡回,如是频频,我不知觉。

一天,我跨入家门,又见满床满桌全是幼儿读物的杂乱情形,正在摆布的却不是儿子,而是母亲。浆糊、剪刀、纸条,一应俱全。母亲正在粘那些"书",那些曾被儿子作践得很惨被我扔掉过的"书"。母亲唯恐我心烦,慌慌地立刻就要收起来。

我拿起一册翻看,母亲粘得那么细致。我说:"妈,别粘了。粘得再好，梁爽也是不看的，这些书早对他失去吸引力了！"

母亲说："我寻思着，扔了怪让人心疼的不是……要不让我都粘好，送给别人家孩子吧，也比扔了强呀！"

我说："破旧的，怎么送得出手？没谁要，妈你瞧，你也不是按着页码粘的，隔三岔五，你再瞧这几页，粘倒了啊！……"

母亲说："唉，我这眼啊，要不寄给你弟弟妹妹们的孩子，或者托人捎给他们？"

我说："千里迢迢，给弟弟妹妹们的孩子寄回去捎回去一些破的旧的画册？弟弟妹妹们心里不想什么，弟妹们和弟媳妹夫还不取笑我？"

母亲说："那……我真是白粘了吗？……就非扔不可了吗？粘好保存起来，过几年，梁爽他长大了几岁，再给他看，兴许他又像没看过似的吧？"

我说："也可能。妈你愿粘，就粘吧。粘成什么样都没关系，我不心烦。"

于是我和母亲一块儿粘。收音机里播着一支歌：

旧鞋子穿破了不扔为何？老先生老太太他们实在太啰唆……

我想像我这样的一个儿子，是没有任何权利嘲弄和调侃穷困在我的母亲身上造成的深痕的。在如今的消费心理和消费方式的对比之下，这一点并不太使我这个儿子感到可笑，却使我感到它在现实中的格格不入的投影是那么凄凉而又咄咄逼人。

我必庄重。对于我的母亲所做的这一切似乎没有意义的事情，我必庄重。我认为那是母亲的一种权利。一种特权。我必服从。我必虔诚。我不能连母亲这一点点权利都缺乏理解地剥夺了！我知道床下、柜下，还藏着一些饮料筒儿、饼干盒儿、杂七杂八的好看的小瓶儿什么的，对于十三平方米的居室，它们完全是多余之物，毫无用处。我装作不知。是的，我必庄重。它没什么值得嘲弄和调侃的。倘发自于我，是我的丑陋。尽管我也不得不定期加以清除，但绝不当着母亲的面，并且不忍彻底，总要给母亲留下些她也许很看重的……

一天，我嘱咐小阿姨秀华带母亲到厂内的浴室洗澡。母亲被烫伤了，是两个邻居架回来的。我问邻居："秀华呢？"她们说她仍在洗。

我从没对小阿姨表情严厉地说过话。但那一天我生气了，待她高高兴兴地踏进家门之后，我板起脸问她："奶奶烫伤了你知道不知道？"

"知道呀！"

"知道你还继续洗？"

"我以为……不严重……"

"你以为……你以为！那么你当时都没走到奶奶身边儿

去看看了？我怎么嘱咐你的！……"

母亲见我吼起来，连说："是不严重，是不严重，你就别埋怨她了……"半个多月内，母亲默默忍受着伤痛，没说过一句抱怨之词。

母亲又失去了假牙。一天母亲将假牙取下泡在漱口杯里，被粗心大意的小阿姨连水泼掉了。母亲没法儿吃东西了，每顿只能喝粥。

我正要带母亲去配牙那一天，妹妹拍来了电报。我看过之后，撕了。

母亲问："什么事？"

我说："没什么事。"

"没什么事哪会拍电报？"母亲再三追问。尽管我不愿意，但终于不得不告诉母亲——长住精神病院的大哥又出院了……母亲许久未说话。我也许久未说话。

到办公室去睡觉之前，我低声问母亲："妈，给你订哪天的火车票？"

母亲说："越早越好，越早越好。我不早早回去，你四弟又不能上班了！"母亲分明更是像对自己说。

我求人给母亲买到了两天后的火车票。走时，母亲嘱咐我："别忘了把那瓶獾油和那卷药布给我带上。"

我说："妈，你烫的伤还没好？"

母亲说："好了。"

我说："好了还用带？"

母亲说:"就快好了。"

我说:"妈,我得看看。"

母亲说:"别看了。"

我坚持要看,母亲只好解开了衣襟——母亲干瘪的胸脯前仍是一大片未愈的烫伤的溃面!我的心疼得抽搐了。我不忍直视,转过脸说:"妈,我不能让你这样走!"

母亲说:"你也得为你四弟的难处想想啊!"

……

母亲走了,带着一身烫伤,失落了她的假牙;留下的,是母亲的临时挂号证,上面写着眼科医生草率的字——已无手术价值。

今年春季,大舅患癌症去世了。早在一九六四年,老舅已经去世了。母亲的家族,如今只活着母亲一个女人了,老而多病,如同一段枯朽的树根,且仍担负着一位老母亲对子女们的种种的责任感。那将是母亲至死也无法摆脱得了的。

我想我一定要在母亲悲痛的时候回到母亲身旁去,我想如果我不去就简直太浑蛋了!于是我回到了哈尔滨。

母亲更瘦更老更憔悴了,真正的就好似根雕一个样子!母亲面容之上仿佛并无悲痛。那一副漠漠然的神态令我内心酸楚。母亲其实已没有丝毫能力担负她的责任和使命了呀!母亲好比是一只老猫,命在旦夕,只有关注着她的亲人和儿女们在这个世界上艰难地死去的份儿了!母亲那苍老的生命大概已完全丧失了体现她内心悲痛和怜悯之情的活力了吧?

在四弟家里，只有我和母亲两个人的时候，母亲强打起她最后的尊严，问我："你写的那篇叫《雪城》的书，为什么闹得满世界风风雨雨？"

我缄默。

"为了稿费？"

"妈……不是……"

"不是？那究竟为什么？听着，妈和你爸从来没指望你当什么作家。你既然已经是了，就要好好儿地当。妈和你爸都这么大年纪了，别在我们活着的时候，给我们丢脸……"

"妈……不是……"

"可报上是这么说的，你弟弟也是这么认为的，连你妈和你弟弟都不能原谅你的事，你还觉着自己没多大错吗？……"

"妈，我错了！我一定记住您老人家的话！……"那一刻，我真想给母亲跪下，告诉母亲我心里的实话——为了好好儿当一个作家，我活得多么苦多么累！

母亲对我已无他求。"不会干别的才写小说。"——这一句话恰恰应了我的情况。在这大千世界上我已别无选择，没了退路！母亲，放心吧。我会记住你的话，一辈子！

若有人问我最大的愿望是什么？我会毫不犹豫地回答：将我的老母亲老父亲接到我的身边来，让我为他们尽一点儿人子的孝心。然而我知道，这愿望几乎等于是一种幻想是一个泡影。在我的老母亲和老父亲活着的时候，大致是可以这样认为的。

我最最衷心地虔诚地感激哈尔滨市政府为我的老父亲和老母亲解决了晚年老有所居的问题。使他们还能和我的四弟住在一起。若无这一恩德降临，在这家原先那被四个家庭三代人和一个精神病患者分居的二十六平方米的低矮残破的生存空间，我的老母亲老父亲岂不是只有被挤到天棚上去住吗？像两只野猫一样！而父亲作为我们共和国的第一代建筑工人，为我们的共和国付出了三十余年汗水和力气。

我的哈尔滨我的母亲城，身为一个作家，我却没有也不能够为你做些什么实际的贡献！这一内疚是为终生的疚惭。

梁晓声他本非衔恩不报之人！对于那些读了我的小说《溃疡》给我写来由衷的信，愿真诚地将他们的住房让出一间半间暂借我老母亲老父亲栖身的人们，我也永远地对你们怀着深深的感激。这类事情的重要意义是，表明我们的生活中毕竟还存在着善良。

我们北影一幢新楼拔地而起。分房条例规定：副处以上干部，可加八分，得一次全国奖之艺术人员，可加二分。我只得过三次全国中短篇小说奖，填表前向文学部参加分房小组的同志核实，他同情地说："那是指茅盾奖而言，普通的全国奖不算。"我自忖得过三次普通的全国中短篇奖已属文坛幸运儿，从不敢做得三次茅盾奖的美梦。而命运之神即使偏心地只拥抱我一个人，三次茅盾奖之总分也还是比一位副处长少二分，而我们共和国的副处长该是作家人数的几百倍呢？

母亲啊，您也要好好儿地活着呀！您可要等啊！您千万要等啊！求求您了，母亲！母亲啊，在您那忧愁的凝聚满了苦涩的内心里，除了希望您的儿子"好好儿地"当一个作家，再就真的别无所求了吗？……

淫雨是停歇了。瘦叶是静止了。这一个孤独的日子，我想念我的母亲。有三只眼睛隔窗瞅我，都是那杨树的眼睛。愣愣地呆呆地瞅我，瞅着想念母亲的我。邻家的孩子在唱着一首流行的歌：

杨树杨树生生不息的杨树，就像那妈妈一样，谁说赤条条无牵挂？……

由我的老母亲联想到千千万万的几乎一代人的母亲中，那些平凡的甚至可以认为是平庸的在社会最底层喘息着苍老了生命的女人们，对于她们的儿子，该都是些高贵的母亲吧？一个个写来，都是些充满了苦涩的温馨和坚忍之精神的故事吧？

我之愀然是为心作。妈！……遥远地，我像山东汉子一样呼喊您一声，您可听到……

母亲养蜗牛

母亲是住惯了大杂院的。

大杂院自有大杂院的温馨。邻里处得好,仿佛一个大家庭。故母亲初住在北京我这里时,被寂寞所囿的情形简直令我感到凄楚。单位只有一幢宿舍楼,大部分职工是中青年,当然不是母亲聊天的对象。由于年龄、经历、所关注事物之不同,除了工作方面的话题,甚至也不是我的聊天对象。我是早已习惯了寂寞的人,视清静为一天的好运气,一种特殊享受。而且我也早已习惯了自己和自己诉说,习惯了。心灵的独白,那最佳方式便是写作。稿债多多,默默地落笔自语,成了我无法改变的生活定律了。

我们住的这幢楼,大多数日子,几乎是一幢空楼。白天是,晚上仿佛也是。人们在更多的时候不属于家,而属于摄制组。

于是母亲几乎便是一位被"软禁"的老人了……

　　为了排遣母亲的寂寞,我向北影借了一只鹦鹉。就是电影《红楼梦》中黛玉养在"潇湘馆"的那一只。一个时期内,它成了母亲的伴友,常与母亲对望着,听母亲诉说不休。偶尔发一声叫,或嘎唔一阵,似乎就是"对话"了。但它有"工作",是"明星",不久又被"请"去拍电影了。母亲便又陷入寂寞和孤独的苦闷之中……

　　幸而住在我们楼上的人家"雪中送炭",赠予母亲几只小蜗牛,并传授饲养方法,交代注意事项。那几个小东西,只有小指甲的一半儿那么大,呈粉红色,半透明,隐约可见内中居住着不轻易外出的胎儿似的小生命。其壳看上去极薄极脆,似乎不小心用指头一碰,便会碎了。

　　母亲非常喜欢它们,视若宝贝,将它们安置在一个漂亮的装过茶叶的铁盒儿里,还预先垫了潮湿的细沙。有了那么几个小生命,母亲似乎又有了需精心照料和养育的儿女了。七十多岁的老太太,仿佛又变成一位责任感很强的年轻的母亲。她要经常将那小铁盒儿放在窗台上,盒盖儿敞开一半,使那些小东西能够晒晒太阳。并且,要很久很久地守着,看着,怕它们爬到盒子外边,爬丢了。就好比一位母亲守在床边儿,看着婴儿在床上爬,满面洋溢母爱,一步不敢离开。唯恐一转身之际,婴儿会摔在地下似的。连雨天,母亲担心那些小生命着凉,就将茶叶盒儿放在温水中,使沙子能被温水焙暖些。它们爱吃的是白菜心儿、苦瓜冬瓜之类,母亲便将这些蔬菜最好的部分，细细剁了，撒在盒儿内。一次不能撒多，多了，它们吃不完，腐烂在盒儿内，则必会影响"环境卫生"，有损它们健康。它们是些很胆怯的小生命，盒子微微一动，立即缩回壳里。它们又是些天生的"居士"，更多的时候，足不出"户"，深钻在沙子里，如同专执一念打算成仙得道之人，早已将红尘看破，排除一切凡间滋扰，"猫"在深山古洞内苦苦修行。它们又是那么的羞涩，宛如大门不出二门不迈的名门闺秀。正应了那句话，真人不露相，露相不真人。偶尔潜出"闺阁"，总是缓移"莲步"，像提防好色之徒，攀墙缘树偷窥芳容玉貌似的。觉得安全，则便与它们的"总角之好"在小小的"后花园"比肩而行。或一对对，隐于一隅，用细微微的触角互相爱抚、表达亲昵……

母亲日渐一日地对它们有了特殊的感情。那种感情，是与小生命的一种无言的心灵之倾诉和心灵之交流。而那些甘于寂寞、与世无争、与同类无争的小生命，也向母亲奉献了愉悦的观赏的乐趣。有时，我为了讨母亲的欢心，常停止写作，与母亲共同观赏……

八岁的儿子也对它们产生了浓厚的兴趣，也开始经常捧着那漂亮的小蜗牛们的"城堡"观赏。那一种观赏的眼神儿，闪烁着希望之光。都是希望之光，但与母亲观赏时的眼神儿，有着质的区别……

"奶奶，它们怎么还不长大啊？"

"快了，不是已经长大一些了么？"

"奶奶，它们能长多大呀？"

"能长到你的拳头那么大呢！"

"奶奶，你吃过蜗牛么？"

"吃？……"

"我们同学就吃过，说可好吃了！"

"哦……兴许吧……"

"奶奶，我也要吃蜗牛！我要吃辣味儿蜗牛！我还要喝蜗牛汤！我同学的妈妈说，可有营养了！小孩儿常喝蜗牛汤聪明……"

"这……"

"奶奶，你答应我嘛！"

"它们现在还小哇……"

"我有耐性等它们长大了再吃它们。不，我要等它们生出小蜗牛以后再吃它们。这样我不就永远可以吃下去了么？奶奶你说是不是？……"

母亲愕然。

我阻止他："不许你存这份念头！不许你再跟奶奶说这种话！难道缺你肉吃了么？馋鬼，你是一头食肉动物哇？"

儿子眨巴眨巴眼睛，受了天大委屈似的，一副要哭的模样，母亲便哄："好，好，等它们长大了，奶奶一定做了给你吃。"

我说："不能什么事儿都依他！由我替奶奶保护它们，看谁敢再提要吃它们！"

儿子理直气壮地说:"吃猪肉、羊肉、牛肉可以,吃鸡肉可以,吃烤鸭可以,为什么吃蜗牛就不行?"

我晓之以理:"我们吃的是肉……"

儿子说:"我想吃的也是蜗牛肉呀,我说吃它们的壳了么?"

我说:"你得明白,人自己养的东西,是舍不得弄死了吃的。这个道理,是尊重生命的道理……"

儿子顶撞我:"你骗小孩儿!你尊重生命了么?上次别人送给你的蚕蛹儿,活着的,还在动呢,你就给用油炸了!奶奶不吃,妈妈不吃,我也不吃,全被你一个人吃了!我看你吃得可香呢!……"

我无言以对。

从此,儿子似乎更认为,首先在理论上,有极其充分的、天经地义的、无可辩驳的吃蜗牛的根据了……从此,母亲观看那些小生命的时候,儿子肯定也凑过去观看……

先是,儿子问它们为什么还没长大,而母亲肯定地回答——它们分明已经长大了……

后来是,儿子确定地说,它们分明已经长大了,不是长大了些,而是长大了许多,而母亲总是摇头——根本就没长……

然而,不管母亲怎么想、怎么说,也不管儿子怎么想、怎么说,那些小小的生命,的的确确是天天长大着。在母亲的精心饲养下,长得很迅速。壳儿开始变黑了,变硬了。不再是些仿佛不经意地用指头轻轻一碰就易破碎的小东西了,它们的头和它们的柔软的身躯,从它们背着的"房屋"内探出时,也有形有状了,憨态可掬,很有妙趣了。它们的触角,也变粗变长了,俩俩一对儿,在盒之一隅卿卿我我、"耳鬓厮磨"之际,更显得情意缱绻,斯文百种了……

那漂亮的茶叶盒儿,对它们来说未免显得小了。

于是母亲将它们移入另一个盒子里,一个装过饼干的更漂亮的盒子。

"奶奶,它们就是长大了吧?"

"嗯,就是长大了呢……"

"奶奶,它们再长大一倍,就该吃它们了吧?"

"不行。得长到和你拳头一般儿大。你不是说要等它们生出小蜗牛之后再吃它们么?"

"奶奶,我不想等到那时候,我只吃一次,尝尝什么味儿就行了……"

母亲默不作答。

我认为有必要和儿子进行一次更郑重更严肃些的谈话。一天,趁母亲不在家,我将儿子扯至跟前,言衷词切,对他讲奶奶抚养爸爸、叔叔和姑姑成人,一生含辛茹苦,忍辱负重,是多么不容易。自爷爷去世后,奶奶的一半,其实也已随着爷爷而去了。爸爸的活法又是写作,有心挤出更多的时间陪奶奶,也往往心恳而做不到。爸爸的时间,常被某些不相干的人不相干的事侵占了去,这是爸爸对奶奶十分内疚而无奈的。奶奶内心的孤独和寂寞,是爸爸虽理解也难以帮助排遣的。为此爸爸曾买过花,买过鱼。可养花养鱼,需要些专门的常识。奶奶养不好,花死了,鱼也死了。那些小小的蜗牛,奶奶倒是养得不错,而你还天天盼着吃了它们,你对么?……

儿子低下头说:"爸爸。我明白了……"

我问:"你明白什么了?"

儿子说:"如果我吃了蜗牛,便是吃了奶奶的那一点儿欢悦……"

我说:"既然你明白了,以后再也不许对奶奶说吃不吃蜗牛的话了!"儿子一副信誓旦旦的模样,诺诺连声,果然再不盼着吃辣味儿蜗牛、喝蜗牛汤了。甚至,再不关注那更漂亮的蜗牛们的新居了……

一天,我下班回到了家里,母亲已做好晚饭,一一摆上桌子。母亲最后端的是一盆儿汤,对儿子说:"你不是要喝蜗牛汤么?我给你做了,可够喝吧!"

我愕然,儿子也愕然。我狠狠瞪儿子。儿子辩白:"不是我让奶奶做的!……"

母亲也说:"是我自己想做给我孙子喝的……"母亲说着,朝我使眼色……

我困惑,首先拿起小勺,舀了一勺,慢呷一口,鲜极了!但我品出,那绝不是什么蜗牛汤,而是蛤蜊汤。

我对儿子说:"奶奶是为你做的,你就喝喝吧!"

儿子迟疑地拿起小勺,喝了起来。

我问:"好喝么?"

儿子说:"好喝。"

我又问:"奶奶对你好不好?"

儿子说:"好……奶奶,等我长大了,能挣钱了,挣的钱都给你花!……"

八岁的儿子动了小孩儿的感情,眼泪吧嗒吧嗒落入汤里。

母亲欣慰地笑了……

其实母亲将那些长大了的,她认为完全能够独立生活了的蜗牛放了。放于楼下花园里的一棵老树下。那儿土质松软,潮湿,很适于它们生存。而且,老树还有一深深的树洞。大概是可供它们避寒的……

母亲依然每日将蜗牛们爱吃的菜蔬之最鲜嫩的部分,细细剁碎,撒于那棵树下……

一天,母亲喜笑颜开地对我说:"我又看到它们了!"

我问:"谁们呀?"

母亲说:"那些蜗牛呗。都好像认识我似的,往我手上爬……"

我望着母亲,见母亲满面异彩。那一时刻,我觉得老人们心灵深处情感交流的渴望,真真令我肃然,令我震颤,令我沉思……

而长大成人的儿子们和女儿们,做了父母的儿子们和女儿们,四十多岁五十多岁的儿子们和女儿们,我们还能够细致地经常洞察到这一点么?

冬天来了。

树叶落光了。

大地冻硬了。

母亲孑然一身地走了。我给母亲的信中写道:"妈,来年春天。我会像您一样,天天剁了细碎的蔬菜,去撒在那一棵老树下……"

那些甘于寂寞的,惯于离群索居的,羞涩的,斯文的,与世无争与同类无争的蜗牛们啊,谁知它们是否会挨过寒冷的冬天呢?谁知它们明年春天是否会出现在那一棵老树之下呢?它们真的会认识饲养过它们的我的老母亲么?居然也会认识那样一位老母亲的儿子么?……

愿上苍保佑它们!

母亲播种过什么

这些平民家庭的小儿女啊，似些孤独的羔羊，面对今天这样明天那样的政治风云，彷徨、迷惘、无奈、亲情失落不知所依。

预感竟是真的有过的。似乎父亲和母亲逝前，总是会传达给我一些心灵的讯息。

十月中旬，我和毕淑敏见过一面。她告诉我她在师大进修心理学，我便向她请教——我说今年以来，无论白天还是夜晚，无论睡着还是醒着，我眼前常有这样一幅画面移动着——在冬季，在北方小村外的雪路上，一只羊拉着一架爬犁，谨慎又从容地向村里走着。爬犁上是一桶井水，不时微少地荡出，在桶外和爬犁上结了一层晶莹的冰。爬犁后同样步态谨慎而又从容地跟随着一位少女，扎红头巾，脸蛋儿亦冻得通红，袖着双手。而漫天飘着清冽的小雪花儿……

并且，我向毕淑敏强调，此电影似的画面，绝非我从任何一本书中读到过的情节，也绝非我头脑中产生的构思片段。事实上一年多以来，尽管此画面一次比一次清晰地向我浮现，但我却从未打算将这画面用文字写出来……

毕淑敏沉吟片刻，答出一句话令我暗讶不已。

她说："你不妨问问你母亲。"

我母亲属羊，母亲的母亲也属羊。而这都是毕淑敏所不知道的。

而母亲于昏迷中入院的第二天，哈尔滨降下了入冬的第一场雪……

我的思想是相当唯物的。但受情感的左右，难免也会变得有点儿唯心起来——莫非母亲的母亲，注定了要在这一年的冬季，将她的女儿领走？我没见过外祖母。但知外祖母去世时，母亲尚是少女……

那么那一桶清澈的井水意味些什么呢？

在医院里，在母亲的病床前，以及在母亲出殡的过程中，我见到了母亲的一些干儿女。

我早知母亲有些干儿女。究竟有多少，并不很清楚。凡三十余年间，有的见过几面，有的竟不曾见过。但我清楚，在漫长的三十余年间，他们对母亲怀着很深很深的感情。

他们当年皆是我弟弟那一辈的小青年。

话说当年，指的是"上山下乡"运动开始以后。许多家庭的长子长女和次子次女，和我以及我的三弟一样，都恋恋不舍地告别了家庭和城市。城市中留下的大抵是各个家庭的小儿女，年龄在十六七岁和十八九岁之间。那个年代，这些平民家庭的小儿女啊，似些孤独的羔羊，面对今天这样明天那样的政治风云，彷徨、迷惘、无奈、亲情失落不知所依。他们中，有人当年便是丧父或失母的小儿女。

既都是平民家的小儿女，所分配的工作也就注定了不能与愿望相符。或做街头小食杂店的售货员，或做挖管道沟的临时工，或在生产环境破败的什么小厂里学徒……

某一年夏天，是知青的我回哈探家，曾去酱油厂看过我四弟的劳动情形。斯时他们几名小工友，刚刚挥板锨出完几吨酱渣，一个个只着短裤，通体大汗淋漓，坐在车间的窗台上，任穿堂凉风阵阵扑吹，唱印度电影《流浪者》中的《拉兹之歌》——我和任何人都没来往，命运啊，我的星辰，你把我引向何方引向何方……

他们心中的苦闷种种，是不愿对自己的家庭成员吐诉的。但是这些城市中的小儿女，又是多么需要一个耐心倾听他们吐诉的人啊！那倾听者，不仅应有耐心，还应有充满心间的爱心。还应在他们渴望安慰和体恤之时，善于安慰，善于劝解，并且，由衷地予以体恤……

于是，他们后来都非常信赖也不无庆幸地选择了母亲。

于是，母亲也就以她母性的本能，义不容辞地将他们庇护在自己身边。像一只母鸡展开翅膀，不管自家的小鸡抑或别人家的小鸡,只要投奔过来,便一概地遮拢翅下……

那些城市中的小儿女啊,当年他们并没有什么可回报母亲的。只不过在年节或母亲生病时,拎上一包寻常点心或两瓶廉价罐头聚于贫寒的我家看望母亲。再就是,改叫"大娘"为叫"妈"了。有时混着叫,刚叫过"大娘",紧接着又叫"妈"。与点心和罐头相比,一声"妈",倒显得格外的凝重了。

既被叫"妈",母亲自然便于母性的本能而外,心生出一份油然的责任感。母亲关心他们的许多方面——在单位和领导和工友的关系;在家中是否与亲人温馨相处;怎样珍惜友情,如何处理爱情;须恪守什么样的做人原则,交友应防哪些失误;不借政治运动之机伤害他人报复他人;不可歧视那些被政治打入另册的人……

母亲以她一名普通家庭妇女善良宽厚的本色,经常像叮咛自己的亲儿女一样,叮咛她的干儿女们不学坏人做坏事,要学好人做好事。

此世间亲情,竟延续了三十年之久。我曾很不以为然过,但母亲对我的不以为然也同样不以为然。她不与我争辩,以一种心理非常满足的、默默的矜持,表明她所一贯主张的做人态度。直至她去世前三天,还希望能为她的一个干女儿和一个干儿子促成一次大媒……

而他们,一个帮着四弟将母亲送入医院,一个一小时后便闻讯匆匆赶到医院,三十几个小时不曾回家,不曾离开过医院!母亲逝后,她的干儿女们都纷纷来到了弟弟家。我说——不必在家中设灵位了吧！他们说——要设。我说——不必非轮守四十八小时灵了吧！他们说——要守。这些三十年前的城市平民家庭的小儿女啊，三十年前是小徒工们，如今仍是工人们。只不过，有的"下岗"了；只不过，都做了父母了。他们都是些沉默寡言之人。我离开哈市时，仍分不清他们中几个人的名字。他们不与我多说什么，甚至根本就不主动与我说话。他们完完全全是冲他们与母亲之间那一种三十年之久的亲情，而为母亲守灵，为母亲烧纸，为母亲送丧的。三十年间，我下乡七年，上大学三年，居京二十年，我曾给予母亲的愉快时日，比他们给予的少得多。回到北京，我常默想——从今后，我定当以胞弟胞妹视待他们和她们啊！至于我自己的几名中学挚友与母亲之间的亲情，比三十年更长久，从我初一时就开始着了。那是世间另一种亲情，心感受之，欲说还休。每独坐呆想，似乎有了一种答案——那时时浮现过我眼前的画面中那一桶清澈的井水，是否便意味着是人世间的一种温馨亲情呢？母亲的母亲，给予在母亲心里了。而母亲只不过从内心里荡出了一些，便获得了多么长久又多么足以感到欣慰的回报啊！这么想很唯心，但请不要责怪儿子的痴思。

愿此亲情在我们中国老百姓间代代相传。

没了它，意味着是我们普通人的人生多么大的损失啊！

母亲我爱您。母亲安息吧……

我的第一支钢笔

它是黑色的,笔身粗大,外观笨拙。全裸的笔尖、旋拧的笔帽。胶皮笔囊内没有夹管,吸墨水时,捏一下,缓慢鼓起。墨水吸得太足,写字常常"呕吐",弄脏纸和手。我使用它,已经二十多年了。笔尖劈过,断过,被我磨齐了,也磨短了。笔道很粗,写一个笔画多的字,大稿纸的两个格子也容不下。已不能再用它写作,只能写便笺或信封。

它是我使用的第一支钢笔,母亲给我买的。那一年,我升入小学五年级。学校规定,每星期有两堂钢笔字课。某些作业,要求学生必须用钢笔完成。全班每一个同学,都有了一支崭新的钢笔。有的同学甚至有两支。我却没有钢笔可用,连支旧的也没有。我只有蘸水钢笔,每次完成钢笔作业,右手总被墨水染蓝,染蓝了的手又将作业本弄脏。我常因此而感到委屈，做梦都想得到一支崭新的钢笔。

一天，我终于哭闹起来，折断了那支蘸水笔，逼着母亲非立刻给买一支吸水笔不可。母亲对我说："孩子，妈妈不是答应过你，等你爸爸寄回钱来，一定给你买支吸水笔吗？"我不停地哭闹，喊叫："不，不，我今天就要。你去给我借钱买。"

母亲叹了口气，为难地说："你这孩子，真不懂事。这月买粮的钱，是向邻居借的；交房费的钱，也是向领导借的；给你妹妹看病，还是向领导借的钱。为了今天给你买一支吸水笔，你就非逼着妈妈再去向邻居借钱吗？叫妈妈怎么张得开口啊？"

我却不管母亲好不好意思再向邻居张口借钱，哭闹得更凶。母亲心烦了，打了我两巴掌。我赌气哭着跑出了家门……

那天下雨，我在雨中游荡了大半日不回家，衣服淋湿了，头脑也淋得平静了，心中不免后悔自责起来。是啊，家里生活困难，仅靠在外地工作的父亲每月寄回几十元钱过日子，母亲不得不经常向邻居开口借钱。母亲是个很顾脸面的人，每次向邻居家借钱，都需鼓起一番勇气。

我怎么能为了买一支吸水笔，就那样为难母亲呢？我觉得自己真是太对不起母亲了。

于是我产生了一个念头，要靠自己挣钱买一支钢笔。这个念头一产生，我就冒雨朝火车站走去。火车站附近有座坡度很陡的桥，一些大孩子常等在坡下，帮拉货的手推车夫们推上坡，可讨得五分钱或一角钱。

我走到那座大桥下，等待许久，不见有推车来。雨越下越大，我只好站到一棵树下躲雨。雨点噼噼啪啪地抽打着肥大的杨树叶，冲刷着马路。马路上不见一个行人的影子，只有公共汽车偶尔驶来驶去。几根电线杆子远处，就迷迷蒙蒙地看不清楚什么了。

我正感到沮丧，想离开，雨又太大，等下去，肚子又饿，忽然发现了一辆手推车，装载着几层高高的木箱子，遮盖着雨布。拉车人在大雨中缓慢地、一步步地朝这里拉来。看得出，那人拉得非常吃力，腰弯得很低，上身几乎俯得与地面平行了，两条裤腿都挽到膝盖以上，双臂拼力压住车把，每迈一步，似乎都使出了浑身的劲儿。那人没穿雨衣，头上戴顶草帽。由于他上身俯得太低，无法看见他的脸，也不知他是个老头儿，还是个小伙儿。

他刚将车拉到大桥坡下，我便从树下一跃而出，大声问："要帮一把吗？"

他应了一声。我没听清他应的是什么，明白是正需要我"帮一把"的意思，就赶快绕到车后，一点也不隐藏力气地推起来。车上不知拉的何物，非常沉重。还未推到半坡，我便一点力气也没有了，双腿发软，气喘吁吁。那时我才知道，对有些人来说，钱并非容易挣到的。即使一角钱，也是并非容易挣到的。我还空着肚子呢。又推了几步，实在推不动了，产生了"偷劲"的念头，反正拉车人是看不见我的。我刚刚松懈了一点力气，就觉得车轮顺坡倒转。不行，不容我"偷劲"。那拉车人，也肯定是凭着最后一点力气在坚持，在顽强地向坡上拉。我不忍心"偷劲"了。我咬紧牙关，憋足一股力气，发出一个孩子用力时的哼唷声，一步接一步，机械地向前迈动步子。

车轮忽然转动得迅速起来。我这才知道，已经将车推上了坡，开始下坡了。手推车飞快朝坡下冲，那拉车人身子太轻，压不住车把，反被车把将身子悬起来，腿离了地面，控制不住车的方向。幸亏车的方向并未偏往马路中间，始终贴着人行道边，一直滑到坡底才缓缓停下。

我一直跟在车后跑，车停了，我也站住了。那拉车人刚转过身，我便向他伸出一只手，大声说："给钱。"那拉车人呆呆地望着我，一动不动，也不掏钱，也不说话。我仰起脸看他，不由得愣住了。"他"……原来是母亲。雨水，混合着汗水，从母亲憔悴的脸上直往下淌。母亲的衣服完全淋透了，像从水里捞出来的一样，湿漉漉地贴在身上，显出了她那瘦削的两肩的轮廓。她胸口剧烈地起伏着，脸色苍白，大口大口地喘着气。

我望着母亲，母亲望着我，我们母子完全怔住了。就在那一天，我得到了那支钢笔，梦寐以求的钢笔。母亲将它放在我手中时，满怀期望地说："孩子，你要用功读书啊。你要是不用功读书，就太对不起妈妈了……"在我的学生时代，我一刻都没有忘记过母亲满怀期望对我说的这番话。如今，二十多年过去了,我已经是个成年人了,母亲变成老太婆了。那支笔,也可以说早已完成它的历史使命了。但我,却要永远保存它,永远珍视它,永远不抛弃它。

我和橘皮的往事

多少年过去了,那张清瘦而严厉的、戴六百度黑边近视镜的女人的脸,仍时时浮现在我眼前,她就是我小学四年级的班主任老师。想起她,也就使我想起了一些关于橘皮的往事……

其实,校办工厂并非今天的新事物。当年我的小学母校就有校办工厂,不过规模很小罢了。专从民间收集橘皮,烘干了,碾成粉,送到药厂去,所得加工费,用以补充学校的教学经费。

有一天,轮到我和我们班的几名同学,去那小厂房里义务劳动。一名同学问指派我们干活的师傅,橘皮究竟可以治哪几种病?师傅就告诉我们,可以治什么病,尤其对平喘和减缓支气管炎有良效。

我听了暗暗记在心里。我的母亲，每年冬季都为支气管炎所苦，经常喘作一团，憋红了脸，透不过气来。可是家里穷，母亲舍不得花钱买药，就那么一冬季又一冬季地忍受着，一冬季比一冬季气喘得厉害。看着母亲喘作一团，憋红了脸透不过气来的痛苦样子，我和弟弟妹妹每每心里难受得想哭。我暗想，一麻袋又一麻袋，这么多这么多橘皮，我何不替母亲带回家一点儿呢？……

当天，我往兜里偷偷揣了几片干橘皮。

以后，每次义务劳动，我都往兜里偷偷揣几片干橘皮。

母亲喝了一阵子干橘皮泡的水，剧烈喘息的时候，分明减少了，起码我觉着是那样。我内心里的高兴，真是没法儿形容。母亲自然问过我——从哪儿弄的干橘皮？我撒谎，骗母亲，说是校办工厂的师傅送的。母亲就抚摸我的头，用微笑表达她对她的一个儿子的孝心所感受到的那一份儿欣慰。那乃是穷孩子们的母亲们普遍的最由衷的也是最大的欣慰啊！……

不料想，由于一名同学的告发，我成了一个小偷，一个贼。先是在全班同学眼里成了一个小偷，一个贼，后来是在全校同学眼里成了一个小偷，一个贼。

那是特殊的年代。哪怕小到一块橡皮，半截铅笔，只要一旦和"偷"字连起来，也足以构成一个孩子从此无法刷洗掉的耻辱，也足以使一个孩子从此永无自尊可言。每每的，在大人们互相攻讦之时，你会听到这样的话——"你自小就是贼!"——那贼的罪名,却往往仅由于一块橡皮,半截铅笔。那贼的罪名,甚至足以使一个人背负终生。即使往后别人忘了,不再提起了,在他或她内心里,也是铭刻下了。这一种刻痕,往往扭曲了一个人的一生,改变了一个人的一生,毁灭了一个人的一生……

在学校的操场上,我被迫当众承认自己偷了几次橘皮,当众承认自己是贼。当众,便是当着全校同学的面啊!……

于是我在班级里,不再是任何一个同学的同学,而是一个贼。于是我在学校里,仿佛已经不再是一名学生;而仅仅是,无可争议地是一个贼,一个小偷了。

我觉得,连我上课举手回答问题,老师似乎都佯装不见,目光故意从我身上一扫而过。我不再有学友了。我处于可怕的孤立之中。我不敢对母亲讲我在学校的遭遇和处境,怕母亲为我而悲伤……当时我的班主任老师,也就是那一位清瘦而严厉的、戴六百度近视镜的中年女教师,正休产假。她重新给我们上第一堂课的时候,就觉察出了我的异常处境。放学后她把我叫到了僻静处,而不是教员室里,问我究竟做了什么不光彩的事。我哇地哭了……第二天,她在上课之前说:"首先我要讲讲梁绍生(我当年的本名)和橘皮的事。他不是小偷,不是贼。是我嘱咐他在义务劳动时,别忘了为老师带一点儿橘皮。老师需要橘皮掺进别的中药治病。你们再认为他是小偷,是贼,那么也把老师看成是小偷,是贼吧!……"

第三天,当全校同学做课间操时,大喇叭里传出了她的声音。说的是她在课堂上所说的那番话……从此我又是同学的同学，学校的学生，而不再是小偷不再是贼了。从此我不想死了……我的班主任老师，她以前对我从不曾偏爱过，以后也不曾。在她眼里，以前和以后，我都只不过是她的四十几名学生中的一个，最普通的最寻常的一个……

但是，从此，在我心目中，她不再是一位普通的老师了。尽管依然像以前那么严厉，依然戴六百度的近视镜……

在"文革"中，那时我已是中学生了，没给任何一位老师贴过大字报。我常想，这也许和我永远忘不了我的小学班主任老师有某种关系。没有她，我不太可能成为作家。也许我的人生轨迹将彻底地被扭曲、改变，也许我真的会变成一个贼，以我的堕落报复社会。也许，我早已自杀了……

以后我受过许多险恶的伤害，但她使我永远相信，生活中不只有坏人，像她那样的好人是确实存在的……因此我应永远保持对生活的真诚热爱！

温馨的意味

温馨是纯粹的汉语词。

近年常读到它,常听到它;自己也常写到它,常说到它。于是静默独处之时每想——温馨,它究竟意味着什么呢?

是某种情调吗?是某种氛围吗?是客观之境?抑或仅仅是主观的印象?它往往在我们内心里唤起怎样的感觉?我们为什么特别不能长期地缺少了它?

那夜失眠,依床而坐,将台灯罩压得更低,吸一支烟,于万籁俱寂中细细筛我的人生,看有无温馨之蕊风干在我的记忆中。

从小学二三年级起,母亲便为全家的生活去离家很远的工地上班。每天早上天未亮便悄悄地起床走了,往往在将近晚上八点时才回到家里。若冬季,那时天已完全黑了。比我年龄更小的弟弟妹妹都因天黑而害怕,我便冒着寒冷到小胡同口去迎母亲。从那儿可以望到马路,一眼望过去很远很远,不见车辆,不见行人。终于有一个人影出现,矮小,然而"肥胖"。那是身穿了工地上发的过膝的很厚的棉坎肩所致。像矮小却穿了笨重铠甲的古代兵卒。断定那便是母亲。在幽蓝清冽的路灯光辉下,母亲那么快地走着。她知道小儿女们还饿着,等着她回家胡乱做口吃的呢!

于是我跑着迎上去,边叫:"妈!妈……"

如今回想起来,那远远望见的母亲的古怪身影,当时对我即是温馨。回想之际,觉得更是了。

小学四年级暑假中的一天,跟同学们到近郊去玩,采回了一大捆狗尾草。采那么多狗尾草干什么呢?采时是并不想的。反正同学们采,自己也跟着采,还暗暗竞赛似的一定要比别的同学采得多,认为总归是收获。母亲正巧闲着,于是用那一大捆狗尾草为弟弟妹妹们编小动物。转眼编成一只狗,转眼编成一只虎,转眼编成一头牛……她的儿女们属什么,她就先编什么。之后编成了十二生肖。再之后还编了大象、狮子和仙鹤、凤凰……母亲每编成一种,我们便赞叹一阵。于是母亲一向忧愁的脸上,难得地浮现出了微笑……

如今回想起来,母亲当时的微笑,对我即是温馨。对年龄更小的弟弟妹妹们也是。那些狗尾草编的小动物,插满了我们破家的各处。到了来年,草籽干硬脱落,才不得不丢弃。

我小学五年级时,母亲仍上着班。但那时我已学会了做饭。从前的年代，百姓家的一顿饭极为简单，无非贴饼子和煮粥。晚饭通常只是粥，用高粱米或苞谷子煮粥，很费心费时的。怎么也得两个小时后才能煮软。我每坐在炉前，借炉口映出的一小片火光，一边提防着粥别煮煳了一边看小人书。即使厨房很黑了也不开灯，为了省几度电钱……

如今回想起来，当时炉口映出的一小片火光，对我即是温馨。回想之际，觉得更是了。

由小人书联想到了小人书铺。我是那儿的熟客，尤其冬日去。倘积攒了五六分钱，坐在靠近小铁炉的条凳上，从容翻阅；且可闻炉上水壶吱吱作响，脸被水汽润得舒服极了，鞋子被炉壁烘得暖和极了。忘了时间，忘了地点；偶一抬头，见破椅上的老大爷低头打盹儿，而外边，雪花在土窗台上积了半尺高……

如今想来，那样的夜晚，那样的时候，那样的地方，相对是少年的我便是一个温馨的所在。回想之际，觉得更是了。

上了中学的我，于一个穷困的家庭而言，几乎已是全才了。抹墙、修火炕、砌炉子，样样活儿都拿得起，干得很是在行。几乎每一年春节前，都要将个破家里里外外粉刷一遍。今年墙上滚这一种图案，明年一定换一种图案，年年不重样。冬天粉刷屋子别提有多麻烦，再怎么注意，也还是会滴得哪哪都是粉浆点子。母亲和弟弟妹妹们撑不住就打盹儿，东倒西歪全睡了。只有我一个人还在细细地擦、擦、擦……连地板都擦出清晰的木纹了。第二天一早，母亲和弟弟妹妹们醒来，看看这儿，瞅瞅那儿，一切干干净净有条不紊，看得目瞪口呆……

如今想来，温馨在母亲和弟弟妹妹眼里，在我心里。他们眼里有种感动，我心里有种快乐。仿佛，感动是火苗，快乐是劈柴，于是家里温馨重重。尽管那时还没生火，屋子挺冷……

下乡了，每次探家，总是在深夜敲门。灯下，母亲的白发是一年比一年多了。我从怀里掏出积攒了三十几个月的钱无言地塞在母亲瘦小而粗糙的手里，或二百，或三百。三百的时候，当然是向知青战友们借了些的。那年月，二三百元，多大一笔钱啊！母亲将头一扭，眼泪就下来了……

如今想来，当时对于我，温馨在母亲的泪花里。为了让母亲过上不必借钱花的日子，再远的地方我都心甘情愿地去，什么苦都算不上是苦。母亲用她的泪花告诉我，她完全明白她这一个儿子的想法。我心使母亲的心温馨，母亲的泪花使我心温馨……

参加工作了，将老父亲从哈尔滨接到了北京。十四年来的一间筒子楼宿舍，里里外外被老父亲收拾得一尘不染。经常的，傍晚，我在家里写作，老父亲将儿子从托儿所接回来了。听父亲用浓重的山东口音教儿子数楼阶："一、二、三……"所有在走廊里做饭的邻居听了都笑，我在屋里也不由得停笔一笑。那是老父亲在替我对儿子进行学前智力开发，全部成果是使儿子能从一数到了十。

父亲常慈爱地望着自己的孙子说:"几辈人的福都让他一个人享了啊!"

其实呢,我的儿子,只不过出生在筒子楼,渐渐长大在筒子楼。

有天下午我从办公室回家取一本书,见我的父亲和我的儿子相依相偎睡在床上,我儿子的一只小手紧紧揪住我父亲的胡子(那时我父亲的胡子蓄得蛮长)——他怕自己睡着了,爷爷离开他不知到哪儿去了……

那情形给我留下极为温馨的印象;还有我老父亲教我儿子数楼阶的语调,以及他关于"福"的那一句话。

后来父亲患了癌症,而我又不能不为厂里修改一部剧本,我将一张小小的桌子从阳台搬到了父亲床边,目光稍一转移,就能看到父亲仰躺着的苍白的脸。而父亲微微一睁眼,就能看到我,和他对面养了十几条美丽金鱼的大鱼缸。那是在父亲不能起床后我为父亲买的。十月的阳光照耀着我,照耀着父亲。他已知自己将不久于世,然只要我在身旁,他脸上必呈现着淡对生死的镇定和对儿子的信赖。一天下午一点多我突觉心慌极了,放下笔说:"爸,我得陪您躺一会儿。"尽管旁边有备我躺的钢丝床,我却紧挨着老父亲躺了下去。并且,本能地握住了父亲的一只手。五六分钟后,我几乎睡着了,而父亲悄然而逝……

如今想来,当年那五六分钟,乃是我一生体会到的最大的温馨。感谢上苍,它启示我那么亲密地与老父亲躺在一起,并且握着父亲的手。我一再地回忆，不记得此前也曾和父亲那么亲密地躺在一起过；更不记得此前曾在五六分钟内轻轻握着父亲的手不放过。真的感谢上苍啊，它使我们父子的诀别成了我内心里刻骨铭心的温馨……

后来我又一次将母亲接到了北京，而母亲也病着了。邻居告诉我，每天我去上班，母亲必站在阳台上，脸贴着玻璃望我，直到无法望见为止。我不信，有天在外边抬头一看，老母亲果然那样地望我。母亲弥留之际，我企图嘴对着嘴，将她喉间的痰吸出来。母亲忽然苏醒了，以为她的儿子在吻别她。母亲她的双手，一下子紧紧搂住了我的头。搂得那么紧那么紧。于是我将脸乖乖地偎向母亲的脸，闭上眼睛，任泪水默默地流。

如今想来，当时我的心悲伤得都快要碎了。并没有碎，是由于有温馨粘住了啊！在我的人生中，只记得母亲那么亲爱过我一次，在她的儿子快五十岁的时候。

现在，我的儿子也已大三了。有次我在家里，无意中听到了他与他的同学的交谈：

"你老爸对你好吗？"

"好啊。"

"怎么好法？"

"我小时候他总给我讲故事。"

其实，儿子小时候，我并未"总给"他讲故事。只给他讲过几次，而且一向是同一个自编的没结尾的故事，也一向是同一种讲法——该睡时,关了灯,将他搂在身旁,用被子连我自己的头一起罩住,口出异声:"呜……荒郊野外,好大的雪,好大的风,好黑的夜啊!冷呀!呱嗒、呱嗒……爪子落在冰上的声音……大怪兽来了,它嗅到我们的气味了,它要来吃我们了……"

儿子那时就屏息敛气,缩在我怀里一动也不敢动。幼儿园老师觉得儿子太胆小,一问方知缘故,曾郑重又严肃地批评我:"你一位著名作家,原来专给儿子讲那种故事啊!"

孰料,竟在儿子那儿,变成了我对他"好"的一种记忆。于是不禁地想,再过若干年,我彻底老了,儿子成年了,也会是一种关于父亲的温馨的回忆吗?尽管我给他的父爱委实太少,但却同一切似我的父亲们一样抱有一种奢望,那就是将来我的儿子回忆起我时,或可叫作"温馨"的情愫多于"呜……呱嗒、呱嗒"。

某人家乔迁,新居四壁涂暖色漆料,贺者曰:"温馨。"

年轻夫妻终于拥有了自己的小家,他们最在乎的定是卧室的装修和布置,从床、沙发的样式到窗帘的花色,无不精心挑选,乃为使小小的私密环境呈现温馨。

少女终于在家庭中分配到了属于自己的房间,也许很小很小,才七八平方米,摆入了她的小床和写字桌再无回旋之地;然而几天以后你看吧,它将变得每一个角落都充满了温馨。

新房大抵总是温馨的。倘一对新人恩爱无限,别人会感到连床边的两双拖鞋都含情脉脉的;吸一下鼻子,仿佛连空气中都飘浮着温馨。反之，若同床异梦，貌合神离，那么新房的此处或彼处，总之必有一处地方的一样什么东西向他人暗示，其实反映在人眼里的温馨是假的。

在商业时代，温馨是广告语中频频出现的词汇之一。我曾见过如下广告：

"饮××酒吧，它能使你的人生顿变温馨。"

我想，那大约只能是对斯文的醉君子而言，若是酒鬼又醉了，顿时感到的一定是他的人生的另一种滋味。

最令我讶然的是一则妇女卫生巾广告：

"用×……×卫生巾，带给你难忘的温馨。"

余也愚钝，百思不得其解。

酒吧总是刻意营造温馨的。

我虽一向拒沾酒气，却也被朋友邀至过酒吧几次。朋友问："够温馨吧？"

烛光相映，人面绰约，靡音萦绕；有情人或耳鬓厮磨，或呢哝低语。

我说："温馨。"

然内心里却半点儿体会到温馨的真感觉也没有。

我想，温馨肯定是多种多样的。除了那两条广告其意太深我无法理解，以上种种皆是温馨，也不该成为什么问题。

我想，温馨一定是有共性前提的。首先它只能存在于较小的空间。世界上的任何宫殿都不可能是温馨的，但宫殿的某一房间却会是温馨的。最天才的设计大师也不能将某展览馆搞成一处温馨的所在；而最普通的女人，仅用旧报纸、窗花和一条床单几个相框，就足以将一间草顶泥屋收拾得温馨慰人；在一辆"奔驰"车内放一排布娃娃给人的印象是怪怪的，而有次我看见一辆"奥拓"车内那样，却使我联想到了少女的房间。

其次温馨它一定是同暖色调相关的一种环境。一切冷色调都会彻底改变它，而一切艳颜丽色也将使温馨不再。那时它或者转化为浪漫，或者转化为它的反面，变成了浮媚和庸俗。

温馨也当然的是与光线相关的一种环境。黑暗中没有温馨，亮亮堂堂的地方也与"温馨"二字无缘。所以几乎可以断言，盲人难解温馨何境。而温馨所需要的那一种光，是半明半暗的，是亦遮亦显的，是总该有晕的。温馨并不直接呈现在光里，而呈现在光的晕里。故刻意追求温馨的人，就现代的人而言，对灯的形状、瓦数和灯罩，都是有极讲究的要求的。

这样看来，离不开空间大小、色彩种类、光线明暗的温馨，往往是务须加以营造的效果了。人在那样的环境里，男的还要流露多情，女的还要尽显妩媚，似乎才能圆满了温馨。若无真心那样，作秀既是难免的，也简直是必要的。否则呢，岂不枉对于那不大不小的空间，那沉醉眼球的色彩，那幽晕迷人的灯光，那使人神经为之松弛的气氛了吗？

是的是的，我承认以上种种都是温馨，承认人性对它的需要就像我们的肉体需要性和维生素一样。

但我觉得,定有另类的一种温馨,它不是设计与布置的结果,不是刻意营造出来的。它储存在寻常人们所过的寻常的日子里,偶一闪现,转瞬即逝,溶解在寻常日子的交替中。它也许是老父亲某一时刻的目光;它也许曾浮现于老母亲变形了的嘴角;它也许是我们内心的一丝欣慰;甚至,可能与人们所追求的温馨恰恰相反,体现为某种忧郁、感伤和惆怅。

它虽溶解在日子里,却并没有消亡,而是在光阴和岁月中渐渐沉淀,等待我们不经意间又想起了它。

而当我们想起了它的时候,我们往往会对自己说——温馨吗?我知道那是什么!并且,顿感其他一概的温馨,似乎都显得没有多少意味了……

辑二

父爱如山

献给父母的花儿

《父亲》和《母亲》这两篇,确有我童年和少年时期的影子,也确有我"而立之年"后的轮廓和生活片段。

我之所以将它们作"小说"发表,乃基于这样的想法——留在我自己头脑中的童年和少年时期的记忆,何尝不是如今已做了父母的,当年中国最底层百姓们的儿女们共同的记忆?我的父母身上,又何尝没有他们的父母的影子?似乎只有"小说"这一种体裁,才更能使那诸方面的共同点超越出个别,具有普遍的共同的意义。

我希望经由我写我的父母的方式,为我们的父母立下平实温馨的小传。

今天是你的生日，
亲爱的妈妈。
我献给你洁白而美丽的鲜花。
这鲜花开放在高高的山上，
我今天早晨从那儿摘下。
……

我写时，耳畔常回绕着这首外国民歌。我愿我能代表我们，将我的小说，作为献给我们的父母的花儿。倘果而在有限的程度上达到了我这一种初衷，那是我倍觉安慰的事……

这鲜花开放在我们对父母深怀敬爱和感恩的心上……

父亲

关于父亲,我写下这篇忠实的文字,为一个由农民成为工人阶级者"树碑立传",也为一个儿子保存将来献给儿子的记忆……

小时候,父亲在我心目中,是严厉的一家之主,绝对权威,靠出卖体力供我吃穿的人,恩人,令我惧怕的人。

父亲板起脸来,母亲和我们弟兄四个就忐忑不安,如对大风暴有感应的鸟儿。

父亲难得心里高兴,表情开朗。

那时妹妹未降生,爷爷在世,老得无法行动了,整天躺在炕上咳嗽不止,但还很能吃。全家七口人高效率的消化系统,仅靠吮咂一个三级抹灰工的汗水。用母亲的话说,全家天天都在"吃"父亲。

父亲是个刚强的山东汉子,从不抱怨生活,也不叹气。父亲板着脸任我们"吃"他。父亲的生活原则是——万事不求人。邻居说我们家:"房顶开门,屋地打井。"我常常祈祷,希望父亲也抱怨点什么,也唉声叹气。因为我听邻居一位会算命的老太太说过这样一句话:"人人胸中一口气。"按照我的天真幼稚的想法,父亲如果唉声叹气,则会少发脾气了。

父亲就是不肯唉声叹气。这大概是父亲的"命"所决定的吧?真是不幸!我替父亲感到不幸,也替全家感到不幸。但父亲发脾气的时候,我却非常能谅解他,甚至同情他。一个人对自己的"命"是没办法的。别人对这个人的"命"也是没办法的。何况我们天天在"吃"父亲,难道还不允许天天被我们"吃"的人对我们发点脾气吗?

父亲第一次对我发脾气,就给我留下了终生难忘的印象。一个惯于欺负弱小的大孩子,用碎玻璃在我刚穿到身上的新衣服背后划了两道口子。父亲不容分说,狠狠打了我一记耳光。我没哭,没敢哭,却委屈极了,三天没说话,在拥挤着七口人的不足十六平方米的空间内,生活绝不会因为四个孩子中的一个三天没说话而变得异常。全家都没注意到我三天没说话。

第四天,在学校,在课堂,老师点名,要我站起来读课文。那是一篇我早已读熟了的课文。我站起来后,许久未开口。老师急了,同学们也急了。老师和同学都用焦急的目光看着我。教室的最后一排,坐着七位外校的听课老师。我不是不想读，我不是存心要使我的班级丢尽荣誉，我是读不出来。读不出课文题目的第一个字。我心里比我的老师，比我的同学还焦急。

"你怎么了？你为什么不开口读？"老师生气了，脸都气红了。

我"哇"的一声大哭起来。

从此，我们小学二年三班，少了一名老师喜爱的"领读生"，多了一个"结巴磕子"。我，从此失掉了一个孩子的自尊心……我的口吃，直至上中学以后，才自我矫正过来。我变成了一个慢言慢语的人。有人因此把我看得很"成熟"，有人因此把我看得"胸有城府"。而在需要"据理力争"的时候，我往往又成了一个"结巴磕子"，或是一个"理屈词穷"者。父亲从来也没对我表示过歉意。因为他从来也没将他打我那一耳光和我以后的口吃联系在一起……爷爷的脾气也特火暴。父亲发怒时，爷爷不开骂，便很值得我们庆幸了。

值得庆幸的时候不多。

母亲属羊。像羊那么温顺，完全被父亲所"统治"。如若反过来，我相信对我们几个孩子是有益处的。因为母亲是一位农村私塾先生的女儿，颇识一点文字。

遗憾的是，在家庭中，父亲的自我意识，起码比"工人阶级领导一切"这条理论早形成二十年。

中国贫穷家庭的主妇，对困窘生活的适应力和耐受力是极可敬的。她们凭一种本能对未来充满憧憬。虽然这憧憬是朦胧的，盲目的，带有浪漫的主观色彩的。

期望孩子长大成人后都有出息，是她们这种憧憬的萌发基础。我的母亲在这方面的自觉性和自信心，我认为是高于许多其他母亲的。

关于"出息"，父亲是有他独到的理解的。一天，吃饭的时候，我喝光了一碗苞谷面粥，端着碗又要去盛，瞥见父亲在瞪我，我胆怯了，犹犹豫豫地站在粥盆旁，不敢再盛。父亲却鼓励我："盛呀！再吃一碗！"父亲见我只盛了半碗，又说："盛满！"接着，用筷子指着哥哥和两个弟弟，异常严肃地说："你们都要能吃。能吃，才长力气！你们眼下靠我的力气吃饭，将来，你们都是要靠自己的力气吃饭的！"

我第一次发现，父亲脸上呈现出一种真实的慈祥，一种由衷的喜悦，一种殷切的期望，一种欣慰，一种光彩，一种爱。我将那满满一大碗苞谷面粥喝下去了，还勉强吃掉半个窝窝头。为了报答父亲，报答父亲脸上那种稀罕的慈祥和光彩。尽管撑得很难受，但心里却很幸福，因为我体验到了一次父爱。我被这次宝贵的体验深深感动。我以一个小学生的理解力，将父亲那番话理解为对我的一次教导，一次具有征服性的教导，一次不容置疑的现身说法。我心领神会，虔诚之至地接受这种教导。从那天起，我的饭量大了。我觉得自己的肌肉也仿佛日渐发达，力气也似乎有所增长。

"老梁家的孩子，一个个都像小狼崽子似的！窝窝头，苞谷面粥，咸菜疙瘩，瞧，一顿顿吃得多欢，吃得多馋人哟！"

这是邻居对我们家的唯一羡慕之处。父亲引以为豪。

我十岁那年，父亲随东北建筑工程公司支援大西北去了。父亲离家不久，爷爷死了。爷爷死后不久，妹妹出生了。妹妹出生不久，母亲病了。医生说，因为母亲生病，妹妹不能吃母亲的奶。哥哥已上中学，每天给母亲熬药，指挥我们将家庭乐章继续奏下去。我每天给妹妹打牛奶，在母亲的言传下，用奶瓶喂妹妹。

我极希望自己有一个姐姐。母亲曾为我生育过一个姐姐。然而我未见过姐姐长得什么样，她不满三岁就病死了。姐姐死得很冤，因为父亲不相信西医，不允许母亲抱她去西医院看病。母亲偷偷抱着姐姐去西医院看了一次病，医生说晚了。母亲由于姐姐的死大病了一场。父亲却从不觉得应对姐姐的死负什么责任。父亲认为，姐姐纯粹是因为吃了两片西药被药死的。

"西药，是治外国人的病的！外国人，和我们中国人的血脉是不一样的！难道中国人的病是可以靠西药来治的吗？！西药能治中国人的病，我们中国人还发明中医干什么？"父亲这样对母亲吼道。

母亲辩驳："中医先生也叫抱孩子去看看西医。"

"说这话的，就不是好中医！"父亲更恼火了。

母亲，只有默默垂泪而已。

邻居那个会算命的老太太，说按照《麻衣神相》，男属阳，女属阴。说我们家的血脉阳盛阴衰，不可能有女孩。说父亲的秉性太刚,女孩不敢托生到我们家。说我夭折的姐姐,是被我们家的阳刚之气吓得逃了,又托生到别人家中去了。

一天晚上,我亲眼看见,父亲将一包中草药偷偷塞进炉膛里,满屋弥漫着一种苦涩的中草药味。父亲在炉前呆呆站立了许久,从炉盖子缝隙闪出的火光,忽明忽暗地映在父亲脸上。父亲的神情那般肃穆,肃穆中呈现出一种哀伤。

我幼小的心灵,当时很信服《麻衣神相》之说。要不妹妹为什么是在父亲离家、爷爷死后才出生的呢?我尽心尽意地照料妹妹,希望妹妹是个胆大的女孩,希望父亲三年内别探家。唯恐妹妹也像姐姐似的,"托生"到别人家中去。妹妹的"光临",毕竟使我想有一个姐姐的愿望,从某种程度上得到了一种弥补性的满足。

父亲果然三年没探家,不是怕吓跑了妹妹,而是打算积攒一笔钱。父亲虽然身在异地,但企图用他那条"万事不求人"的生活原则遥控家庭。

"要节俭,要精打细算,千万不能东借西借……"父亲求人写的每一封家信中,都忘不了对母亲谆谆告诫一番。父亲每月寄回的钱,根本不足以维持家中的起用开销。母亲彻底背叛了父亲的原则。我们家"房顶开门,屋地打井"的"自力更生"的历史阶段,很令人悲哀地结束了。我们连心理上的所谓"穷志气"都失掉了……

父亲第一次探家,是在春节前夕。父亲攒了三百多元钱,还了母亲借的债,剩下一百多元。

"你是怎么过的日子？啊？我每封信都叮嘱你，可你还是借了这么多债，你带着孩子们这么个过法，我养活得起吗？"父亲对母亲吼。他坐在炕沿上，当着我们的面，粗糙的大手掌将炕沿拍得啪啪响。

母亲默默听着，一声不吭。

"爸爸，您要责骂，就责骂我们吧！不过我们没乱花过一分钱。"哥哥不平地为母亲辩护。我将书包捧到父亲面前，兜底儿朝炕上一倒，倒出了正反两面都写满字的作业本，几截手指般长的铅笔头。我瞪着父亲，无言地向父亲申明：我们真的没乱花过一分钱。

"你们这是干什么？越大越不懂事了！"母亲严厉地训斥我们。父亲侧过脸，低下头，不再吼什么。许久，父亲长叹了一声，那是从心底发出的沉重负荷下泄了气似的长叹。那是我第一次听到父亲叹气。我心中突然对父亲产生一种怜悯。第二天，父亲带领我们到商店去，给我们兄弟四个每人买了一件新衣服，也给母亲买了一件平绒上衣……

父亲第二次探家，是在"三年自然灾害"期间。"错了，我是大错特错了！……"一一细瞧着我们几个孩子因吃野菜而水肿不堪的青黄色的脸，父亲一迭声地说他错了。

"你说你什么干错了？"母亲小心翼翼地问。父亲用很低沉的声音回答："也许我十二岁那一年就不该闯关东……猜想，如今老家的日子兴许会比城市的日子好过些。就是吃野菜，老家能吃的野菜也多啊……"

父亲要回老家看看。果真老家的日子比城市的日子好过些，他就将带领母亲和我们五个孩子回老家，不再当建筑工人，重当农民。父亲这一念头令我们感到兴奋，给我们带来希望。我们并不迷恋城市。野菜也好，树叶也好，哪里有无毒的东西能塞满我们的胃，哪里就是我们的福地。父亲的话引发了我们对从未回去过的老家的向往。母亲对父亲的话很不以为然，但父亲一念既生，便会专执此念。那是任何人也难以使他放弃的。

母亲从来也没有能够动摇过父亲的哪怕一次荒唐的念头。母亲根本不具备这种妇人之术。母亲很有自知之明，便预先为父亲做种种动身前的准备。父亲要带一个儿子回山东老家。在我们——他的四个儿子之间，展开了一次小小的纷争。最后，由父亲做出了裁决。父亲庄严地对我说："老二，爸带你一块儿回山东！"

老家之行，印象是凄凉的。对我，是一次大希望的大破灭；对父亲，是一次心理上和感情上的打击。老家，本没亲人了，但毕竟是父亲的故乡。故乡人，极羡慕父亲这个挣现钱的工人阶级。故乡的孩子，极羡慕我这个城市的孩子，羡慕我穿在脚上的那双崭新的胶鞋。故乡的野菜，还塞不饱故乡人的胃。我和父亲路途上没吃完的两个掺面馒头，在故乡人眼中，是上等的点心。父亲和我，被故乡一种饥饿的氛围所促使，竟忘乎所以地扮演起"衣锦还乡"的角色来。父亲第二次攒下的三百多元钱，除了路费，东家给五元，西家给十元,以"见面礼"的方式,差不多全救济了故乡人。我和父亲带了一小包花生米和几斤地瓜干离开了故乡……到家后,父亲开口对母亲说的第一句话是:"孩子他妈,我把钱抖搂光了!你别生气,我再攒!……"

这是我第一次听到父亲用内疚的语调对母亲说话。母亲淡淡一笑:"我生啥气呀!你离开老家后,从没回去过,也该回去看看嘛!"仿佛她对那被花光的三百多元钱毫不在乎。

但我知道,母亲内心是很在乎的,因为我看见,母亲背转身时,眼泪从眼角溢出,滴落在她的衣襟上。那一夜,父亲叹息不止,长吁接短叹。两天后,父亲提前回大西北去了,假期内的劳动日是发双份工资的……

父亲始终信守自己给自己规定的三年探一次家的铁律,直至退休。父亲是很能攒钱的,母亲是很能借债的,我们家的生活,恰恰特别需要这样一位父亲,也特别需要这样一位母亲。正所谓"对立统一"。在我记忆的底片上,父亲愈来愈成为一个模糊的虚影,三年显像一次。在我的情感世界中,父亲愈来愈成为一个我想要报答而无力报答的恩人。报答这种心理,在父子关系中,其实质无异于溶淡骨血深情的缓释剂。它将最自然的人性最天经地义的伦理平和地扭曲为一种最荒唐的债务。而穷困之所以该诅咒,不只因为它造成物质方面的债务,更因为它造成精神上和情感上的债务。

父亲第三次探家那一年,正是哥哥考大学那一年。父亲对哥哥想考大学这一欲望,以说一不二的威严加以反对。

"我供不起你上大学!"父亲的话,令母亲和哥哥感到没有丝毫商量的余地。好心的邻居给哥哥找了一个挣小钱的临时活——在菜市场卖菜,卖十斤菜可挣五分钱。父亲逼着哥哥去挣小钱。哥哥每天偷偷揣上一册课本,早出晚归,回家后交给父亲五角钱。那五角钱,是母亲每天偷偷塞给哥哥的。哥哥实则是到公园里或松花江边去温习功课的。骗局终于败露,父亲对这种"阴谋诡计"大发雷霆,用水杯砸碎了镜子。父亲气得当天就决定回大西北,我和哥哥将父亲送到火车站。列车开动前,父亲从车窗口探出身,对哥哥说:"老大,听爸的话,别考大学!咱们全家七口,只我一人挣钱,我已经五十出头,身板一天不如一天了,你应该为我分担一点家庭担子啊!……"父亲的语调中,流露出无限的苦衷和哀哀的恳求。列车开动时,父亲流泪了。一滴泪水挂在父亲胡茬儿又黑又硬的脸腮上。

我心里非常难过,却说不清究竟是为父亲难过,还是为哥哥难过。我知道,哥哥已背着父亲参加了高考。母亲又一次欺骗了父亲。哥哥又一次欺骗了父亲。我这个"知情不举"者,也欺骗了父亲。我因无罪的欺骗感到内疚极了。我,很大程度上是在为自己难过……

几天后,哥哥接到了大学录取通知书。母亲欣慰地笑了。哥哥却哭了。我又送走了哥哥。哥哥没让我送进站。他说:"省下买站台票的五分钱吧。"在检票口,哥哥又对我说:"二弟,家中今后全靠你了!先别告诉爸爸,我上了大学……"

我站在检票口外,呆呆地望着哥哥随人流走入火车站,左手拎着行李卷,右手拎着网兜,一步三回头。

我缓慢地走在回家的路上,手中紧紧攥着没买站台票省下的那五分钢镚儿,心中暗想,为了哥哥,为了我们家祖祖辈辈的第一个大学生,全家一定要更加省吃俭用,节约每一分钱……

我无法长久隐瞒父亲哥哥已上了大学这件事。我不得不在一封信中告诉父亲实情。哥哥在第一个假期被学校送回来了。

他再也没能返校,他进了精神病院——一个精神世界的自由王国,一个心理弱者的终生归宿,一个明确的句号。

我从哥哥的日记本中,翻出了父亲写给哥哥的一封信,一封错字和白字占半数以上的信,一封并不彻底的扫盲文化程度的信:老大!你太自私了!你心中根本没有父母!根本没有弟弟妹妹!你只想到自己!你一心奔你个人的前程吧!就算我白养大你,就算我没你这个儿子!有朝一日,你当了工程师,我也再不会认你这个儿子!

每句话后面都是"!",所有这些"!",似乎也无法表达父亲对哥哥的憎怒。父亲这封信,使我联想到了父亲对我们的那番教导:"将来,你们都是要靠自己的力气吃饭的!"我不由得将父亲的教导作为基础理论进行思考:每个人都是有把子力气的,倘一个人明明可以靠力气吃饭而又并不想靠力气吃饭,也许竟是真有点大逆不道的吧?哥哥上大学,其实绝不会造成我们家有一个人饿死的严峻后果。那么父亲的愤怒,是否也因哥哥违背了他的教导呢?父亲是一个体力劳动者。我所见识过的体力劳动者,大致分为两类。一类自卑自贱,怨天咒命的话常挂在嘴边上:"我们,臭苦力!"一类盲目自尊,崇尚力气,对凡是不靠力气吃饭的人,都一言以蔽之曰:"吃轻巧饭的!"隐含着一种蔑视。父亲属于后一类。如今思考起来,这也算一件极可悲的事吧?对哥哥,抑或对父亲自己,难道不都可悲吗?

父亲第四次探家前,我到北大荒去了。以后的七年内,我再没见过父亲。我不能按照自己的意愿和父亲同时探家。在我下乡的第七年,连队推荐我上大学。那已是第二次推荐我上大学了。我并不怎么后悔地放弃了第一次上大学的机会。哥哥上大学所落到的结果,远比父亲对我的人生教导在我心理上造成更为深刻的不良影响。然而第二次被推荐,我却极想上大学了。第二次即最后一次,我不会再获得第三次被推荐的机会了。那一年我已经二十五岁了。

我明白,录取通知书没交给我之前,我能否迈入大学校门,还是一个问号。连干部同意不同意,都至关重要。我曾当众顶撞过连长和指导员,我知道他们对我耿耿于怀。我因此而忧虑重重。几经彻夜失眠,我给父亲写了一封信,告知父亲我已被推荐上大学,但最后结果尚在难料之中,请求父亲汇给我两百元钱。还告知父亲,这是我最后一次上大学的机会。我相信我暗示得很清楚,父亲是会明白我需要钱是干什么的。信一投进邮筒,我便追悔莫及。我猜测父亲要么干脆不给我回音,要么会写封信来狠狠骂我一通,肯定比起哥哥那封信更无情。按照父亲做人的原则,即使他的儿子有当皇上的可能,他也是绝不容忍他的儿子为此用钱去贿赂人心的。

没想到父亲很快就汇来了钱,两百元整,电汇。汇单的附言条上,歪歪扭扭地写着几个错别字:"不勾(够),久(就)来电。"

当天我就把钱取回来了。晚上,下着小雨。我将二百元钱分装在两个衣兜里,一边一百元。双手都插在衣兜,紧紧捏着两沓钱,我先来到指导员家,在门外徘徊许久,没进去,后来到连长家,鼓了几次勇气,猛然推门进去了。我支支吾吾地对连长说了几句不着边际的话,立刻告辞,双手始终没从衣兜里掏出来,两沓钱被捏湿了。

我缓缓地在雨中走着。那时候一个充满同情的声音在我耳边响着:"老梁师傅真不容易呀,一个人要养活你们这么一大家子!他节俭得很呢,一块臭豆腐吃三顿,连盘炒菜都舍不得买……"这是父亲的一位工友到我家对母亲说过的话,那时我还幼小,长大后忘了许多事,但这些话却忘不掉。我觉得衣兜里的两沓钱沉甸甸的,沉得像两大块铅。我觉得我的心灵那么肮脏,我的人格那么卑下,我的动机那么可耻。我恨不得将我这颗肮脏的心从胸腔内呕吐出来,践踏个稀巴烂,践踏到泥土中。

我走出连队很远,躲进两堆木棱之间的空隙,痛痛快快地大哭了一场。我哭自己,也哭父亲。父亲为什么不写封信骂我一通啊？！一个父亲的人格的最后一抹光彩，在一个儿子心中破坏了，就如同一个泥偶毁于一捧脏水。而这捧脏水是由儿子泼在父亲身上的。这是多么令人悔恨令人伤心的事啊！

第二天抬大木时，我坚持由三杠换到了二杠——负荷最沉重的位置。当两吨多重的巨大圆木在八个人的号声中被抬离地面，当抬杠深深压进我肩头的肌肉，我心中暗暗呼应的却是另一种号子——爸爸，我不，不！……

那一年我还是上了大学，连长和指导员并未从中作梗，而且还把我送到了长途汽车站。和他们告别时，我情不自禁地对他们说了一句："真对不起……"他们默默对望了一眼，不知我说这句话是什么意思。

那个漆黑的，下着小雨的夜晚，将永远永远保留在我记忆中……

三年大学，我一次也没有探过家，为了省下从上海到哈尔滨的半票票价，也为了父亲每个月少吃一块臭豆腐，多吃一盘炒菜。

毕业后，参加工作一年，我才探家。算起来，我已十年没见过父亲了。父亲提前退休了，他从脚手架上摔下来过一次，受了内伤，也年老了，干不动重体力活了。

三弟返城了。我回到家里时，见三弟躺在炕上，一条腿绑着夹板，悬在半空。小妹告诉我，三弟预备结婚了。新房是傍着我们家老屋山墙盖起的一间"偏厦子"。我们家的老屋很低矮，那"偏厦子"不比别人家的煤棚高多少。

我进入"新房"看了看,出来后问三弟:"怎么盖得这么凑凑合合?"三弟的头在枕上偏向一旁,半天才说:"没钱,能盖起这么一间就不错了。"我又问:"你的腿怎么搞的?"三弟不说话了。小妹替他说:"铺油毡时,房顶木板太朽了,踩塌掉进屋里……"

我望着三弟,心里挺难过。我能读完三年大学,全靠三弟每月从北大荒寄给我十元钱。

吃过晚饭后,我对父亲说:"爸爸,我想和你谈件事。"

父亲看了我一眼,默默地等待我说。父亲看我时的目光,令我感到有些陌生。是因为我们父子分别了整整十年吗?是因为我成了一个大学毕业生吗?我不得而知。他看我那一眼,像一匹老马看自己带大的一头鹿。

我向父亲伸出了一只手:"爸爸,把你这些年攒的钱都拿出来,给三弟盖房子用吧!"父亲又用那种有些陌生的目光看了我一眼,低下头,沉默半晌,才低声说:"我……不是已经给了吗?"

我说:"爸爸,你只给了三弟二百五十元钱呀!那点钱能够盖房子用吗!"

"我……再没钱……"父亲的声音更低了。

我大声说:"不对!爸爸,你有!我知道你有!你有三千多元钱……"

父亲腾地从炕沿上站了起来,脸色涨得通红,怒吼道:"你……你简直胡说!我什么时候攒下过三千元?"

躺在炕上的三弟插嘴说:"二哥,你何必为我逼爸爸呢!爸爸一辈子都想攒钱,如今总算攒下了,能舍得拿出来为我盖房子?"口吻中流露出一个儿子内心对父亲的极大不满。

我生气了,提高嗓门说:"爸爸,你这样做不对!三弟能在那样一间煤棚似的破屋里结婚吗?那里出生的,将是你的孙子,或是你的孙女!你将会在子孙后代面前感到羞愧的!……"我心中倏然对父亲鄙视起来。

"住嘴!……"父亲举起了一只拳头,拳头没落到我身上,在空中停了片刻,沉重地垂下了。母亲、四弟和小妹赶紧从里间屋出来,把我往里间屋拉。"你!……十年没见,见我就教训我吗?!好一个儿子啊!你就是这样给你弟弟妹妹们做榜样的吗?你可算念成了大学了!你给我滚!……"父亲脸腮抽搐着,眼中喷射出怒火。他那凶暴的语词中,有一种寒透了心的悲凉成分。他用手朝我一指,又吼出一个"滚"字,再说不出别的话来。

我一下子挣脱了母亲和四弟拉住我的手,大声说:"爸爸,我永远不再回这个家!……"说完,便冲出了家门。

我一口气走到火车站,买了一张三小时后开往北京的火车票,坐在候车室的长凳上,一支接一支吸烟。

不知过了多久,听到有人轻轻叫我,抬起头,见母亲和四弟站在面前。四弟说:"二哥,回家吧!"母亲也说:"回家吧,妈求你!"

"不……"我坚决地摇摇头。

母亲又说:"你怎么能那样子跟你爸爸争吵呢?他的确是没攒下那么多钱呀!他攒下的一点钱,差不多全给你三弟了……下个月初就要给你哥哥交住院费……"

几个好奇的男人女人围住了我们,用各种猜疑的目光注视着我。我听到一个上了年纪的女人离开时叹了口气,说:"可怜天下父母心啊!"我分明是被看成了个不孝之子了。

我打断母亲的话,说:"妈妈,您别替我爸爸辩护了!我在大学时,您亲自写信告诉过我,我爸爸已积攒下了三千元钱,他怎么能对他的儿子那么吝啬?"母亲怔了一下,说:"傻孩子,是妈不好,妈那是骗你的呀!为了让你在大学里安心读书,不记挂家中的生活……"

听了母亲的话,我呆呆地望着母亲那张憔悴的脸,发愣许久,说不出话来。

"听妈的话,回家吧!回家给你爸认个错……"母亲上前扯我。我低下头哭了……

我跟着母亲和四弟回到了家里。我向父亲认了错。父亲当时没有任何原谅我的表示。

小妹那时已中学毕业,在家待业两年了,一直没有分配工作。母亲低眉下眼地去找过街道主任几次,街道主任终于给了一个活话说:"下一次来指标,我给使把劲试试看吧!"

母亲将这话学给父亲,对父亲说:"为了孩子,这人情,管多管少,无论如何也得送啊!"父亲拉开抽屉,取出一个牛皮纸钱包,递给母亲,头也不抬地说:"我这个月的退休金,刚交了老大的住院费,剩下的,都在里边了……"

牛皮纸钱包里,大票只有两张十元的了。母亲犹豫了一阵,将其中一张交给妹妹,妹妹就用那十元钱买了点不成体统的东西,当天拎着去街道主任家"表示表示"。妹妹怎么拎去的,又怎么拎回来了。

母亲诧异地问:"怎么拎回来了?"

小妹沮丧地回答:"人家不肯收。"

母亲又问:"嫌少?"

"人家说,多年住在一条街上,收了,就显得不好了。人家说,要是咱们非愿意表示表示,他家买了一吨好煤,咱们帮忙给拉回来……"小妹说罢,怯怯地瞟了父亲一眼。

父亲始终没抬头,听罢小妹的话,头更低下去了。过了好一会儿,父亲才开口说:"我和你四哥……一块儿去给拉回来……"四弟刚巧从外面回来,问明白后,为难地对父亲说:"爸,我们厂的团员明天要组织一次活动,我是团支部书记,我不能不去呀!"

小妹急了:"什么破团支部书记,你当得那么上瘾?!明天不给拉回来,人家的煤票就过期了……"

这一切话,我都在里屋听到了,我跨出里屋,对小妹说:"明天我和爸去拉。"

父亲突然莫名其妙地火了:"谁都用不着你们!我明天一个人去拉!我还没老得不中用,我还有力气!"

头天晚上就下起了大雨。第二天白天,雨下得更大了。

我和父亲借了辆手推车，冒雨去拉煤。路很远。煤票是在一个铁道线附近的大煤厂开的，距我们住的街区，有三十来里。一吨煤，分三趟拉。天黑才拉回第三趟。拉第三趟时，一只车轮卡在铁轨岔角里。无论我和父亲使出多大的力气，车轮都纹丝不动，像被焊住了。我和父亲一块儿推、一块儿拉，一个推、一个拉，弄得浑身是泥，双手处处是伤，还是一筹莫展。在暴雨中，我听得见父亲像牛一样的呼哧呼哧的喘息声。我抹了一把脸上的雨水，对父亲大声喊："爸爸，你在这儿看着，我去道班房找个人来帮帮忙！"

"你的力气都哪去了？！"父亲一下子推开我，弯下腰，用他那肌肉萎缩了的肩膀去扛车。

远处传来火车的吼声，一列火车开过来了。在闪电亮起的刹那，我看见一块松弛的皮肤，被暴雨无情地鞭打着，那是一个老年人的丧失了力气的脊梁。车头的灯光从远处射了过来，父亲仍在徒劳无益地运用着微不足道的力气。我拔腿飞快地朝道班房跑去。值班工人发出了紧急停车信号。列车停住了，值班工人和我一块儿跑到煤车前。父亲还在用肩膀扛煤车，他仿佛根本没有发现有火车开过来。"你他妈的玩命啊！"值班工人恶狠狠地骂了一句。

火车车头的光束正照着煤车，父亲的肩膀，终于离开了煤车。父亲缓缓抬起了头，我看清了父亲那张绝望的脸，那张皱纹纵横的脸，每一条皱纹，都仿佛是一个"！"，比父亲写给哥哥的那封信中还多……

雨水，从父亲的老脸上往下淌着。我知道，从父亲脸上淌下来的，绝不仅仅是雨水。父亲那双瞪大的空洞的眼睛，那抽搐的脸腮，那哆嗦的双唇，说明了这一点……这个雨夜，又使我回想起了几年前那个雨夜。我躲在我们连队木棱堆之间大哭过一场的那个雨夜……

今年四月的一天，我收到一封电报。电文——"父即日乘十八次去京，接站。"

我有几年没探家了。我与父亲又有几年没见面了。我已经三十五岁了，可以说是一个中年人了。电报使我心中涌起了一个中年人对自己老父亲的那种情感。那是一种并不强烈的，却撩拨回忆的情感。人的回忆，是可以随着年龄的增长而改变"焦距"的，好像照片会随着时间改变颜色一样。回忆往事，我心中对父亲的谴责少了，对自己的谴责反而多了。我毕竟没有给过父亲多少一个儿子对父亲的爱啊！

电报没能在头一天交到我手里，却被从门底缝塞进了我的办公室，我头一天熬夜，第二天上班推迟。看看手表，离列车到站时间，仅差一小时十五分，马上动身，完全来得及接站。我手中拿着电报，心里倏忽产生了一个念头——雇一辆小汽车去接站。这念头产生得很随便，就像陕西人想吃一顿"羊肉泡馍"。

父亲生平连次小汽车也没坐过，我要给予父亲"生平第一次"。我给几处出租汽车站打电话，都没车，二十多分钟在电话机前过去了。乘公共汽车接站,已根本来不及,只有继续拨电话。又拨了十多分钟,终于要到了一辆车。司机说很快就到,却并不是很快,半小时以后才到。一路红灯,驶驶停停,到火车站,早已过时。我打开车门就往下跳,司机一把揪住我:"车费!"我一摸衣兜,钱包没带!只好向司机赔笑脸,告诉他我是来接人的,接到再给他车费。说了不少好话,最后将工作证押给他,他才算松开了手。

站内站外,都没寻到父亲。我沮丧地回到出租汽车跟前,央求司机再送我回家,来去车费一块儿付。司机"哼"了一声,将车开走了。我见方向不对,赔着笑脸问:"你要把我拉哪去呀?"司机冷冰冰地回答:"出租汽车总站。我饿了,该吃午饭了。你在总站再要一辆车吧!"我自认理亏,不便再说什么。

在出租汽车总站,又等了一个多小时,才终于坐进了另一辆小汽车里。回来倒是一路飞快,算账时,可把我吓了一大跳——二十三元!我不由得问了一句:"怎么二十三元啊?"

司机瞪了我一眼:"加上从火车站到出租汽车总站的那一段车费!"

"那一段路也要车费?!"

"笑话!你想白坐啊?"

一进家门,见父亲已在家中了。我埋怨道:"爸爸,你怎么不在火车站多等会儿啊?让我白接了你一趟!"

父亲说:"等了一会儿,没见着你,我心想你不会来接了……"

"拍了电报,我能不去接吗?真是的!"

"我心想,大概你工作忙,脱不开身……"

我说:"爸,先给我二十三元钱!"刚见面,就伸手要钱,父亲很奇怪,疑惑地瞧着我。我只好解释:"爸爸,我是租了一辆小汽车去接你的,司机在下边等着呢,我的钱包放在办公室了。"仿佛为了证实我的话,司机按了几声喇叭。父亲当时那种表情,就好像听说我是租了一艘宇宙飞船去接他似的。他缓缓解开衣扣,拆开缝在衣里儿的一块布,用手指捻出三张十元的纸钞,默默递给了我。我从父亲的目光中看出了他心里想说的一句话:"你摆的什么谱啊!"

"爸爸,这钱我会还你的……"我接过钱,匆匆奔下楼去。

当我回到屋里,见父亲脸色变得很阴沉,也不瞧我,低头吸烟。我醒悟到,我刚才说了一句十分愚蠢的话……

父亲,不再是从前那个身强力壮的父亲了,也不再是那个退休之后仍目光炯炯、精神矍铄的父亲了。父亲老了,他是完完全全地老了,生活将他彻底变成了一个老头子。他那很黑的硬发已经快脱落光了,没脱落的也白了。胡子却长得挺够等级,银灰间黄,所谓"老黄忠式",飘飘逸逸的,留过第二颗衣扣。只有这一大把胡子,还给他增添些许老人的威仪。而他那一脸饱经风霜的皱纹,凝聚着某种不遂的夙愿的残影……

105

生活，到底是很厉害的。

我家住在一幢筒子楼内，只一间，十三平方米，在走廊做饭，和电影《邻居》里的情形差不了多少。走廊暗、黑，苍蝇多，老鼠肆无忌惮，特胆大。父亲到来的第一天，打量着我们家在走廊占据的"领地"，不无感触地说："老二，你有福气啊！你才参加工作几年呀，就分到了房子，走廊这么宽，还能当厨房……你……比我强……"这话从父亲口中说出，以那么一种淡泊的自卑的语调说出，使我心中有些难过。

父亲当了一辈子建筑工人，盖了一辈子楼房，却羡慕我这筒子楼里的十三平方米……他是被尊称为主人翁的人啊……

编辑部暂借给我一间办公室。每天晚上，我和父亲住在办公室，妻和孩子住在家中。我虽没有让父亲生平第一次坐上小汽车，父亲却沾了我的光，生平第一次住上了楼房。父亲每天替我们接孩子、送孩子、拖地板、打开水、买菜、做饭，乃至洗衣服、拆被子、换煤气。一切的家务，父亲都尽量承担了。

我不希望父亲，我的老父亲沦为我的老勤杂员。我对父亲说："爸爸，你别样样事都抢着做。你来后，我们都变懒了！"

父亲阴郁地回答："我多做点，倒累不着。只要能在你们这儿长住下去，我就很知足了……你妹妹结婚后，家中实在住不开了，我万不得已，才来搅扰你们……"

父亲的性格也变了，变成一个通情达理的，事事处处，家里家外都很善于忍让的毫无脾气的老头了。除了家务，父亲还经常打扫公共楼道、楼梯、厕所、水池。他不久便获得了全楼人的称赞和敬意。

父亲初来乍到时，人们每每这么问我："那个大胡子老头就是你父亲吗？"以后我听到的问话往往是："你就是那个大胡子老头的儿子呀？"在我意识中，父亲是依附于我的人格而存在的，但在不少人心目中，我则开始依附于父亲的人格而存在了。一些从不到我家中走动，大有"老死不相往来"趋势的工人们，也开始出现在我家了，使我同一种更普遍的生活贴近了。

我惊奇地发现，不是家属洗澡的日子，父亲也可以公然到厂内浴室洗澡。没票，父亲也可以从容不迫地进入厂内礼堂看电影。忘带食堂饭菜票，父亲也可以从食堂先端回饭菜来。而人们还都对他很客气，很友好。这些"优待"，是连我也没受到过的。父亲终于以他所能采取的方式，获得了和我并存的独立人格。我不再阻止他打扫公共卫生。我理解，人们注意到他，承认他的独立存在，如今对他来说是何等需要、何等重要！这是一个没机会受文化教育的、丧失了健壮和力气的、自尊心极强的老父亲，在一个受过大学文化教育的、有了一丁点小名气的儿子面前保持心理平衡的唯一砝码。我告诫自己，我要替父亲珍视它，像珍视宝贵的东西一样。

父亲身上最大的变化，是对知识分子表现出了由衷的崇敬。以前，他将各类知识分子统称为"耍笔杆子的"。靠"耍笔杆子"而不是靠力气吃"轻巧饭"的人,那是他所瞧不起的。每天接踵而来找我的,十有八九是地地道道"耍笔杆子"的。我将他们介绍给父亲时,父亲总是臂微垂,腰微弯,很不自然地做他所不习惯的鞠躬状,脸上呈现出似乎不敢舒展的恭而敬之的笑容。随后,便替我给客人沏茶、点烟。当我和客人侃侃而谈时,父亲总是静默地坐在角落,一会儿注意地瞧着我,一会儿注意地瞧着客人,侧耳聆听。倘我和客人谈到该吃饭时,父亲便会起身离去悄然做饭。倘我这个主人有时竟忘了吃饭这件事,父亲便会走进屋,低声问我:"饭做好了,你们现在要吃吗?还是再过一会儿?"饭后,照例抢着刷洗碗筷。

一次,送走客人后,我对父亲说:"爸爸,你不必对客人过分恭敬、过分周到,他们大多是我的同事、朋友,用不着太客气。"

"我……过分了吗?……"父亲讷讷地问,仿佛我的话对他是一种指责。

几天后,我收到了友人的一封信,信中写道:"昨天我到你家找你,你不在,我和你的老父亲交谈了两个多小时。他真是一位好父亲,好老人。但我感到,他太寂寞了。他对我说,连和你交谈几句话的机会都没有。你真那么忙吗?……"这封信使我无比惭愧,无比自责。是的,父亲来后,我几乎没同父亲交谈过。即使一次不太长久的、半小时以上的、父子之间的随随便便的交谈也没有过。父亲简直就像我雇的一个老仆役，勤勤恳恳，一声不吭，任劳任怨地为我做着一切一切的家务。而我每天不是在写、写、写，就是和来客无休止地谈、谈、谈……

第二天晚饭后，我没到办公室去抄那急待发出的稿子，见妻抱着孩子到邻居家玩去了，我便坐到了父亲面前。我低声说："爸爸，跟我聊几句家常话吧！"

父亲定定地看了我片刻，用一种单刀直入的语调问："老二，你为什么不争取入党啊？"

我怔住了。我预先猜想三天三夜，也料不到父亲会向我提出这样的问题。难道这就是父亲最想同我交谈的话题吗？我低头沉默了一会儿，抬起头又说："爸爸，聊几句家常话吧！"

"你们兄妹五个，你哥呢，就不提他了……比起来，顶数你有了点出息，可你究竟为什么不入党啊？听你们同事讲，你说过要入也不现在入共产党的话。你是说过这样的话吗？"父亲的目光仍定定地看着我，揪住这个话题不放。

我默默地点了点头。是的，我说过，而且是在某个会议上当众说的。我并不想欺骗父亲。

父亲的话，使我的自尊心受到了挫伤。我故意用冷漠的语调反问："爸爸，你为什么对我入不入党这么在乎呢？你希望我能入党，当官，掌权，而后以权谋私吗？"

父亲听出来了，我的话对他的愿望显然是嘲讽。父亲缓缓站起，一只手撑着椅背，像注视一个冒充他儿子的人似的，眯起眼睛,盹盹地瞪着我。他突然推开椅子,转身朝外就走。椅子倒在地上,发出很响的声音。父亲在门口站住,回过头,瞪着我,大声说:"我这辈子经历过两个社会,见识了两个党,比起来,我还是认为新社会好,共产党伟大!不信服共产党,难道你去信服国民党?把我烧成了灰我也不!眼下正是共产党振兴国家,需要老百姓维护的时候,现在要求入党,是替共产党分担振兴国家的责任!……你再对我说什么做官不做官的话,我就揍你!……"说罢,一步跨出了房间。

在那一时刻,站在我面前的,又是从前那威严而易怒的父亲了。我怀着复杂的心情离开家,来到了办公室。我坐在办公桌前,双手捧着脸腮,陷入了静静的思考。我理解父亲对共产党的感情。他六岁给地主放牛,十二岁闯关东,亲眼看到过国民党怎样残害老百姓。他被日本人抓过劳工,要不是押劳工的火车被抗联伏击,很难想象他今天还活着,也不知这个世界上会不会还有我这位"青年作家"……

写一份入党申请书,这需要比创作一篇小说更大的严肃性。而且,在我心灵中,还有许多腌臜得没勇气告人的欲念,还时时受到个人名利的诱惑,还潜藏着对享乐的向往,还包裹着对虚荣的贪婪,还……"全心全意为人民服务",这句话是庄严地写在中国共产党的党章上的。我不能够怀着一颗极不干净的灵魂在一张雪白的纸上写下:我要求加入……人可以欺骗别人,但无法欺骗自己。我在心中说:"爸爸,原谅我!我不,现在还不……"

办公室的门被突然推开了。父亲来了。他连看也不看我，径直走到他的那张临时支起的钢丝床前，重重地坐了下去。钢丝床发出一阵吱吱嘎嘎的声响。我转过身去瞧着父亲。他又猛地站了起来，用手指着我，愤愤地大声说："你可以瞧不起我，你的父亲！但我不允许你瞧不起共产党。如果你已经不信服这个党了，那么你从此以后也别叫我父亲！这个党是我的救星！如果我现在还身强力壮，我愿意为这个党卖力一直到死！你以为你小子受了点苦就有资格对共产党不满啦？你受的那点苦跟我在旧社会受的苦一比算个屁！"

我想对父亲解释几句什么，却一句适当的话也寻找不到。我一言不发地望着父亲，心想：爸爸，你说得不对，不对，我并不像你认为的那样啊！……我觉得委屈极了，直想哭。

父亲对我教训了这一次之后，接连几天不理我，不跟我说一句话。

一天傍晚，有一个外地的陌生姑娘来到我家中，她自称是位文学青年，读过我的几篇作品，希望能同我谈谈。

我带她来到了办公室。她很漂亮。身材很美，又高，又窈窕。一张白净的鹅蛋形的脸，容貌端庄娴雅，眼睛挺大，闪着充满想象的光彩。剪得整齐的乌黑的短发，衬托着她那张动人的脸，像荷叶衬托着荷花。她穿一件五彩缤纷的花外衣，只有三颗扣子，好像是骨质的，月牙形，非常别致，半敞的衣襟露出里面深红色的毛衣。裤线裤脚带有古铜色镶边的牛仔裤，奶黄色的坡底高跟鞋。她端坐在沙发上，修长的双臂微向前探,双手习惯性地揽住两膝。她从头到脚焕发着浪漫气质,举止文静而有修养。

我沏了一杯茶端给她。她接过去,看了一眼,欠身轻轻放在桌上,说:"我不喝绿茶。我从小就是喝花茶的。"

我说:"请便。"将椅子搬到她斜对面,瞧着她问:"你想和我谈些什么呢?"

她妩媚地一笑:"当然是谈文学啦……不过,也希望不仅仅限于文学。"

我说:"那么就请谈吧!不过,我也许会令你失望,我不是个理想的交谈者。"

儿子有些发高烧。走出家门时妻正在给儿子灌药,而父亲在给我洗衣服。我尽量排除思路上的干扰,集中精力。我想她一定会首先向我提出什么问题。但她没有,她用悦耳的音调向我讲述起自己来。

她说她离开家已经一个多月了。从南到北,旅游了不少大城市,拜访过许多颇有名气的青年作家。接着,便依次向我说出他们的名字,有人是我认识的,有人是我没见过面的。还说她崇拜某某及其作品,难以忍受某某及其作品,欣赏某某的作品但不喜欢作者本人。她很坦率。我愿意同坦率的人交谈。我问:"你此行是出差吗?"

"噢不,"她摇摇头,又是那么博人好感地一笑,"就是为了玩,散散心。"

"你的单位竟会给你这么长一段假?"

"我现在不受任何单位管束,自由公民!"

"你是个待业青年?"

"我想有工作时便可以有种工作,腻烦了就当自由公民。"

我迷惑不解地望着她。她揽住两膝的双手放开了,身体舒展地靠在沙发上,目光迅速地在我的办公室内环视一番,说:"你的办公室可以容得下五对人跳舞。"

我说:"我不会跳舞,大概是可以的。"

这时轮到她迷惑不解了,她怀疑地盯着我,要看出我说的是不是真话。我惭愧地笑笑。她的目光移开了,落在写字台上,又问:"自由市场上买的吧?"

我点点头:"是的。"

"样式太老。"

"不,是太俗气,但便宜。"

她的目光又盯在了我脸上,那模样仿佛我对她承认了我是一个下流坯子似的。

我说:"请接着谈下去吧,你刚才谈到自己的话还使我有些不明白。"

"是吗?"怀疑的神态,怀疑的口吻。接着,她轻轻叹了口气,平平淡淡地说:"报考过电影学院、音乐学院,都没考上。在外贸局工作了三个月,在旅游局工作了半年,这两个单位都没能更长久些地吸引住我。在省图书馆混了一年,因为那儿有书,才拴住我一年。看书也看腻烦了,于是就辞职了……回去以后,也许会到省电视台,看我那时心情好不好,乐不乐意……"

我终于明白,她是来自另一个天地的。"你出来这么长时间,父母放心吗?"

"他们也没什么不放心的。每座城市都有父亲当年的老战友。或者住他们家中,或者住高级宾馆……"

我觉得没有必要再问什么了,期待着她说。

她沉默了一会儿才又开口:"你一定无法理解我……小时候,我和姐姐,觉得世上任何好吃的东西我们都吃过了,我们就将糖和盐拌在一起,再浇点辣椒油……现在,我的心境就跟小时候似的,我觉得我丢了。我觉得我对什么都腻烦了,对生活失去了热情,就好像我小时候对食物失去了味觉一样……"

我依旧望着她那张漂亮的脸,心中对她产生了一种同情,类似对一只将要溺死在蜜中的小昆虫的同情。

她见我在很认真地听,便继续说下去:"本想离开家散散心,但结果心境反而愈来愈不好。每座城市都到处是人、人、人,愚昧的,没文化的,浑浑噩噩的人,许许多多的人,每天都在谈论房子问题、待业问题……"

我平静地问:"你无法忍受这样一些人吗?"

"难道你能够忍受这样一些人吗?"她端正了身子,目光又盯在我脸上,显出一种对我的麻木不仁开始感到失望的表情。我没有立即回答她。我又想起了我躲在木棱堆间痛哭过一场的那个雨夜，也想起了我和父亲为了妹妹早日分配工作给街道主任拉煤的那个雨夜。小雨，大雨，都是下雨的夜，为什么保留在我记忆中的都是雨夜呢？我毕竟从我生活中的两个雨夜度过来了。我毕竟扯着父亲的破衣襟，扯着一个没有受过文化教育的、头脑中有着狭隘的农民意识的父亲的破衣襟，一步步从生活中走过来了，一岁岁长大了……

"古老的国家，古老的民族，生活在这么一种氛围中，每个人都将要窒息而死！……"那姑娘的悦耳的声音，使我的注意力不能从她身上过久地分散。

我要求说："让我们谈谈文学吧！"

"文学？……"她嘴角浮现一丝嘲讽，大声说，"中国目前不可能有文学！中国的实际问题，就在于人口众多。如果减少三分之二，一切都会变个样子！"

我冷冷地回答她："好主意！减少的当然应该是那些愚昧的、没文化的、浑浑噩噩的、每天都在谈论房子问题和待业问题的人。"

我情绪的变化并没有引起她的注意。她皱起眉头，用一种忧国忧民的语调说："就在今天，就在你们北影厂门口，我看到一个白胡子老头，抱着一个傻乎乎的孩子，在围观一辆外国小汽车。我心里真是悲哀极了！我要写一篇心理小说，将我内心这种悲哀表述出来！这就是我们的人民，我作为一个中国人真感到羞耻！……"她那样子悲哀得快要哭了。或者说，她是要将我感动哭了。然而我并没有受到丝毫感动。

我已不再像从前那么易于动感情了。我在想,她那颗心一定很渺小,因此也只能产生这么一点渺小的悲哀。我已经不再同情她。我告诉她,那白胡子老头,肯定就是我的父亲,而抱在他怀中那傻乎乎的孩子,是我的儿子。

"是你……父亲?……"她的脸微微红了,显出动人的窘态,讷讷地说,"请原谅!我……还以为你是……"

"这不值得请求原谅!因而我也不想对你表示原谅!我并不想否认,我的父亲没有文化,他在扫盲时所认识的字,绝不会比你这件花外衣上的花朵多。他还很愚昧。由于他的愚昧,由于他的农民意识的狭隘,给我们的家庭造成了重大的不幸。因为他不相信医生的话而相信算命先生的话,我的姐姐夭折了!我的哥哥,因为他鄙薄文化而崇尚力气,疯了!我原谅了他,但却不能忘记这些。我要比你更加憎恨愚昧!我要比你更加明白文化对于一个国家一个民族意味着什么!我诅咒造成愚昧和没有文化的落后状况的一切因素!……"我从椅子上站了起来。我的声音很高,我内心很激动。我仿佛不是在对我面前的这位姑娘说话,而是在对众多的各种各样的人说话。

我还想对她说,她可以对我们的人民没有感情,她也尽可以像她读过的小说中那些西方的贵妇人一样,对他们的愚昧和没有文化表示出一点高贵的怜悯,这无疑会使像她这样的姑娘更增添动人的魅力。但她没有权利瞧不起他们!没有权利轻蔑他们!因为正是他们,这在历史进程中享受不到文化教育而在创造着文明的千千万万，如同水层岩一样，一层一层地积压着、凝固着，坚实地奠定了我们的九百六十万平方公里土地，而我们中华民族正在振兴的一切事业，还在靠他们的力气和汗水实现着！愚昧和没有文化不是他们的罪过，是历史的罪过！是我们每一个对振兴我们的国家我们的民族缺乏热情、缺乏责任感的人的惭愧！我还想对她说，至于她，不过是我们九百六十万平方公里土地上一小片水分充足的沃壤之中的一朵小花而已。美丽，娇弱，但没有芬芳。因为她不是树木，所以她那短细的根须是触及不到水层岩层的，她所蔑视的正是她所赖以存在的。她漠视甚至嘲讽他们的最现实的烦恼，但她那种因没有什么值得忧郁的事才产生的忧郁，那种一颗空泛的心灵内的微妙而典雅的悲哀，与他们可能经历过的悲哀相比，其实质是不值论道的。我还想对她说……我什么也不想对她说了。我又想到了发烧的儿子。我认为我应该回到儿子身边去了。"非常抱歉，我不能再陪你交谈下去了！"我走到办公室门前，推开了门。

门外，站着我的父亲，呆呆地，一动不动地，像根木桩似的。一手拎着水壶，一手拿着一瓶墨水。他是给我们送开水来的。他分明是听到了我方才大声说的某些话。

那姑娘走下楼梯时，还回过头来看了我一眼。我这样对待她，肯定是她绝没想到的。

父亲一声不响，放下水壶，默默走向他睡的那张钢丝床。一直到熄灯，我和父亲彼此没说一句话。我静静地躺着，无法入睡。我知道父亲也是在静静地躺着,没睡。我真想翻身下床,走到父亲身边,跪下去,将头伏在父亲胸上,对他说:"爸爸,原谅我那番话又无意伤害了你,原谅我,爸爸……"

隔了一天,我从朋友家很晚才回来,一进家门,妻便告诉我,父亲走了。

"走了?上哪儿去了?……"

"回哈尔滨了!"

"你……你为什么不拦他?!"

"我拦不住。"

病刚好的儿子在哭叫:"爷爷,我要爷爷!我要找爷爷嘛!……"

我问:"父亲临走说了什么没有?"

妻回答:"什么也没说。"

我一转身就从家中冲了出去。我赶到火车站,匆匆买了一张站台票。我跑到站台上时,开往哈尔滨的列车刚刚开动。我跟着列车奔跑,想大喊"爸爸!"却没喊出来。

列车开出了站台。送行者纷纷离去了。只有我一个人还孤零零地伫立在站台上。望着远处的铁路信号灯,我心中默默地说:"爸爸,爸爸,我爱你!我永远不忘我是你的儿子,永远不耻于是你的儿子!爸爸,爸爸,我一定要把你再接到北京来!"

远处的铁路信号灯,由红变绿了……

父亲与茶

父亲是从不饮茶的。

我想,他年轻时大约也在什么场合饮过几次茶的吧。当然,那天他肯定被失眠所折磨了,结果再就畏茶如畏虎,正如酒于父亲也是如此。

一九六三年冬季,春节前,父亲从四川辗转数千公里回到了家。四川是他支援大三线建设的最后停驻地。他背回了一个自己缝做的特大的帆布袋,里边剩有二十几个冻得很硬的大米面馒头、三双从工地上捡的劳保鞋、十几双线的劳保手套、四顶兔毛帽子、几件毛线背心、五十来斤四川大米……

父亲背着如上东西,首先要从山岭间搭来往于工地的运输卡车去到乐山,再从乐山乘长途公共汽车到成都,从成都乘列车到北京,从北京转乘列车到哈尔滨。

当年的中国列车，最快时速也就八十公里，而通常的时速是六十公里。从四川到哈尔滨，父亲经历了五整天。一名建筑工人的探亲假是不能享受卧铺的。当年一名乘客即使买的是有座票，在长途列车上其实无座可坐是司空见惯之事。因为当年列车超载很正常，有时超载人数甚至过半。而有些城市的列车站干脆售的就是无座票。春节前是客运高峰时期，许多要赶回家过春节的人能买到一张无座票已觉相当幸运。正是列车经常严重超载的时期，列车上往往这么广播：各位乘客，本次列车由于超载，决定取消座号，请乘客们发扬社会主义风格，互相谦让，轮流而坐。男同志应该照顾女同志，成年人应该照顾老弱病残及儿童……

父亲不但是成年人，而且是穿工作服的受人尊敬的工人阶级之一员，他一路上当然会自觉发扬社会主义风格。换一种说法那就是，五个整天里他肯定经常是站在列车里的。

父亲回到家里时，双腿肿胀得一按一个坑，却那么高兴。

二十几个冻得很硬的馒头中，有半个上边留下了父亲的牙印。三双劳保鞋是翻毛水牛皮的，每一只都有磨破处，也都被父亲用皮片儿补好了，那是他从工地上捡的，带回来给我、哥哥和三弟穿。三双由父亲补过的劳保鞋，对于我们兄弟三人的脚都未免太大了。线手套也是父亲从工地上捡的，也都由父亲补过了。而毛线背心，则是父亲将捡到的但破得没法补的手套拆成了线，再用染料染了，一针针织成的。有母亲一件，还有妹妹一件。四顶兔毛帽子却是新的，是列车经过西北某站时父亲在站台上买的,我们兄弟四人一人一顶。

父亲最后从大帆布袋里取出的是一个牛皮纸包,有包一斤蛋糕的纸包那么大。

他将纸包递给母亲时叮嘱说:"这是茶,在咱们东北是稀罕东西,哪天要分给邻居,放好,千万别沾水。"

一九六三年我已经十四岁了,还没见过茶。但从读过的小说里知道,茶是南方有身份人家待客的饮料。

第二天,父亲和母亲一块儿将茶分成十多份,一一用红纸包好。红纸是我替母亲买的,五分钱一张,母亲让我买了两张。母亲本是要用红纸亲手做拉花的,而父亲坚决主张用红纸包茶,说那才显得心诚。我在一旁裁红纸时,母亲一味絮叨些舍不得的话。

母亲陪着父亲,挨家挨户将茶送给邻居,回家时都满脸高兴,我想那足以证明,收到茶的邻居们也都是很高兴的。

初一上午,全院孩子们大串门儿。在我们那个大院儿,拜年首先是由小字辈开始的。

一户邻居家的大婶问我:"除了茶,你爸还带回了什么好东西呀?"

随口一问的话。

我说:"还带回了五十多斤大米呢!"

也是随口一答的话。

就见大婶和大叔交换了一次意味深长的眼神儿。

那是一户和我家关系最好的邻居。

我当时因大叔大婶的眼神很觉奇怪。

初二晚上,和我家关系最好的邻居家的女孩来到了我家,将用红纸包着的茶原封不动退送给我家了。女孩代她爹妈说:"我家没人喜欢饮茶,好东西别白瞎了。"

在我看来,那是一件挺正常的事。几年也见不着一次茶的哈尔滨人,对待并不留下吃饭的客人的礼节分为三个等级——白开水、白糖水、红糖水。至于茶,其实并不比红糖水的规格更高。所以既然不喜欢饮,再给我家送回来挺自然的。

女孩走后,父亲和母亲满脸困惑了。

父亲说:"别是因为有什么事使人家不高兴了吧?"

母亲说:"一向处得很好啊!"想了想,问我初一去拜年时说了什么不得体的话没有。

我就将我在邻居家说过的话又说了一遍,因母亲之问感到冤枉。

父亲一拍脑门说:"错!错!怎么没想到也送些大米给人家?"

一九六三年中国许多省份发生旱情,水稻严重减产。全哈尔滨市的居民,由每人每月二斤大米减少到了一斤。那女孩的姥姥姥爷都是南方人,他家的大米从来不曾为过春节攒下过。

母亲此时也想到了这一点,后悔极了,而父亲已搬出米袋子往一只盆里倒米了。

母亲说行了。

父亲说太少。

但母亲接着说出一句话，使父亲犹豫不决了。

母亲说的是："只送给一家，其他几家不送，邻里间还不分出远近来了？再者，是人家把茶送回来了在先，咱们又送米过去在后，不是反而闹得双方面都不尴不尬的？"

如果给每户邻居都送些米，哪怕一户两三斤，那父亲千里迢迢背回的米也就只剩一小半了。别说母亲多么舍不得了，连父亲也觉得像割肉，而我们几个儿女更舍不得。

大米呵！尽管只不过是四川糙米。

米最终没送。

那包茶母亲后来送给了别人家。

我们两家邻居的关系，并没因而出现裂痕。但两家的大人孩子，心里都留下了隐隐的不悦，只不过都尽量掩饰。

父亲临走时还埋怨我："你说那么一句干什么啊！……"

从此，我与父亲天各一方，每隔多年才能同时与家人团圆，仅两个星期。并且，通信也少。因为父亲只不过在"扫盲"运动中识过不多的字，我的信他若不请人读，自己是看不明了的。而父亲又必亲笔回信，仅一页纸而已，字体大且歪歪扭扭，夹杂着错别字。这使我每次给父亲写信，难免总是犹豫不决。

一九七一年，也是春节前，我从兵团回哈尔滨探家。那个冬季多雪而寒冷。父亲原本是准备与我同时探家的，却没成行——他在家信中写的原因是："建设任务紧张，请不下假来。"

自从一九六三年我与父亲一别，我们父子二人已八年没见过面了。

母亲在八年中苍老成一个老太婆了。

母亲告诉我——父亲从四川寄回了一斤茶叶，信上说是花八元钱买的头季芽茶，要我在春节前按地址送给某人。那一年我已二十二岁，还没饮过一口茶水呢。父亲每月最多才能往家里寄四十元，自己又节俭得要命，都舍不得花几分钱买食堂的菜吃，一块腐乳下三天的饭，却居然用八元钱买一斤茶，千里迢迢地寄回来送人，我想父亲一定是欠了对方极大的人情。

某天我就去替父亲送茶。哥哥疯着，母亲关节炎很重，三弟也下乡了，四弟小妹没办过重要之事，那一斤珍贵的茶只有我去送了。在当年的哈尔滨，整整一斤四川的好茶，确乎算得上珍贵了。

地址是"动力之乡"的一处工人居住区。"动力之乡"在郊区，我家离那儿有三十多里，且交通不便。当年是没有什么出租车的。

我先乘公共汽车到了郊区某站，下车后开始步行。由于那一段公路来往车辆少，一尺多深的积雪尚未被压平。我一脚一个雪坑走了二十来里，才终于到达"动力之乡"。在那一带，样式一律的平房和楼群左一片右一片，此片彼片相距挺远。父亲寄给家中的地址上仅写了第几工人宿舍区第几排第几号,而那是根本不能将茶送到的。因为当年的"动力之乡",是由三个大厂组成的,每个厂又分干部宿舍区和工人宿舍区;多数干部住楼房,多数工人住平房。这些父亲都没写清楚,我忽东忽西奔走了一个多小时也没打听出个结果,最后只有气喘吁吁、万般无奈地站立在冰天雪地之中,望楼群而沮丧,望一排排平房而无奈。

我回到家时天已黑了。

我将一斤好茶丢在公共汽车上了。

当母亲听我说非但没将茶送到,还将茶丢了,眼神呆呆地望着我,整个人被定身法定住了似的。

许久,母亲才缓过神来,惴惴不安地说:"这可咋办?这可咋办?我猜你爸肯定是遭遇到了特别为难的事,急着求人帮忙化解,不然会舍得花八元钱买一斤茶送人?你知道的,你爸他可是万事不求人的性格啊!这可咋办?儿子这可咋办啊?由谁写信告诉你爸实情呢?咱们总不该撒谎骗他吧?……"

父亲的性格我当然清楚。

母亲的猜想也正是我的猜想。

当然告诉父亲实情才是唯一正确的做法。

我对母亲内疚地说:"妈,别急成这样。急也没用,由我写信告诉我爸。"

因为那一斤茶的丢失,一九七一年的春节我们全家谁都过得高兴不起来。八元钱一斤的四川好茶也只不过是茶,我们和母亲高兴不起来的主要原因是一种大的担忧——父亲他究竟遭遇到了什么事,使他这个从不求人的人非求人不可?……

我回到了连队才给父亲写信。

我在信中实话实说,承认那包茶被我丢失了。接着用一大段文字细写我寻找地址上的人家多么多么不容易,我认为那种客观原因也是必须让父亲了解的。再接着,批评父亲粗心大意,自己应该将地址搞详细了嘛。最后,询问父亲究竟遇到了什么为难的事,是否超出了自己克服不了,非求人相助不可的程度?如果并没超出,那么还莫如自己迎难而上克服过去为好。那样一些话,想不写出儿子反过来教诲父亲的意味也不可能。

一九七一年整整一年内,父亲没回信。我明白,我伤了父亲的自尊心,他生我气了。

转眼到了一九七三年夏季,我又一次探家。而父亲,也终于与我同时探了一次家。那一年是我下乡的第五个年头,屈指算来,我与父亲整整十年没相见了。

父亲已秃顶。我印象中那个身体强健的父亲,变成了形销骨立的老父亲,两眼却还是那么炯炯有神。也唯有此点,仍能显出他倔强又正直的老工人的性格。

父亲又带回了一斤好茶。

他要亲自将茶送给据他所说的"一个好人"。但他出示的地址,还是两年前使我白辛苦了一次的地址。

我说按照那个地址他肯定也会白辛苦一次。他却一意孤行。没法子,我只得相陪而往。

一路上,我和父亲都矢口不提两年前被我丢失了的那一斤好茶。我也没因两年前写给父亲那封信而向父亲认错,因那么一来,就会提到那一斤被我丢失的好茶。而父亲也没解释什么,更没训我,仿佛两年前我们父子之间根本没发生过什么不愉快的事。

一九七一年,"动力之乡"已是哈尔滨市的一个远郊之区了。我和父亲用了更长的时间寻找"一个好人"的家,却没找到。那天很热,我和父亲心里同样着急,我们父子俩的衣服都被汗湿透了。

回家的路上,我忍不住埋怨了父亲几句,惹得父亲光火起来,站在路旁冲我吼:"我是你父亲!我做什么事自有我的道理!你不埋怨我就不行啊?"

我也冒火了,大声顶撞:"我哥哥生病了,我已经是家里实际上的长子,你究竟遇到了什么事不必也不应该瞒我!我有权知道!"

父亲气得举起了巴掌,几乎就要扇我一耳光……

团圆的日子里,父亲一直生我的气。到他回四川的前一天,他的气才终于消了些。我往列车站送他时,他没头没脑地说了一句:"到该告诉你知道的时候,当然就会告诉你。但也许,一辈子都不告诉你,也不告诉你妈,更不告诉你弟弟妹妹!……"

父亲将他亲自带回的一斤茶又带回了四川，怕留在家里，母亲收藏得不好，糟蹋了。

他的话，使我心怀不安地离开了家。

一九七七年春节前，我从北京回到了哈尔滨。一九七七年的我已经是北京电影制片厂的一名编辑了，而父亲已经退休了。父亲是六十三岁才退休的，因为家中生活困难，单位照顾他晚退休三年。

还是雪后的一天，父亲命我陪他将他再次从四川带回的那斤茶给他所言的"一个好人"送去。那斤茶，第一次带回哈尔滨时是绿的，再次被父亲带回时，已是褐色的了。父亲舍不得一次次花钱买，请四川茶厂里的茶工将那斤茶焙成了干茶，那样就容易保存了。

我提醒父亲："如果还是原先那地址，不去也罢。明明找不到却非去，何必呢？"

父亲表情深沉地说："有新地址了。现在的地址确切无误，今天咱们一定会找到他。"

路上，父亲告诉我，"文革"开始不久，他这名获得过许多奖状的老建设工人，竟被不知何人写的一封信揭发成了"伪满时期"的"汉奸特务"。因为父亲会说几句日本话，档案里又有在日本药店当过小伙计的记载，所以造反派们对揭发深信不疑……

"他们将我两条胳膊反吊起来拷打我，像当年的日本人拷打咱们抗日的中国人一样。不但逼我承认自己是汉奸特务，还逼我揭发别的汉奸特务。我横下一条心，诬陷我的事，打死我也不承认……"

父亲讲得很平静，我却听得惊心动魄——那是我这个"红五类"的儿子根本想不到的事。

我心疼地低声说："爸，其实你当时承认了也没什么。好汉不吃眼前亏啊。"

父亲说："那不行。我如果承认了，你一九七四年还能上大学吗？我如果承认了，咱家不就一下子变成'黑五类'家庭了？你们能一下子承受得住日后的种种歧视吗？我如果承认了，继续逼我揭发别人，那我又该怎么办？所以当年我只能横下一条心，诬陷在我头上的事，打死也不承认……"

父亲的话使我的眼泪顿时夺眶而出。

我和父亲并没再去"动力之乡"，父亲引领我来到了近郊的一处公墓。在一座墓碑上，刻着"一个好人"的姓名。

父亲说："就是他，咱们山东的一个人。也是我十二岁那年到东北以后，给过我许多爱护的人。当年是他介绍我到一家挺大的日本药店去做小伙计的，而我经常向他汇报日本人尤其日本军人到药店去开药的情况。当年我就猜到了他是抗联的人，一九四九年后他当上了一个县的武装部部长。'文革'中四川的造反派来到哈尔滨向他搞外调，巴不得由他证明我千真万确曾是'汉奸特务'。那时他自己也进了'牛棚'，但他将那些造反派顶得一愣一愣的。他说——你们想要从我这儿得到证言的事，完全是胡说八道！所以，造反派们才不得不结束了对我的隔离审查,你才能够顺利地上了大学,咱们家才没成为'黑五类'家庭。其实,我也不知道他有没有喝茶的习惯,但我总得表达一种心意吧!除了茶,我也再没什么更好的东西值得从四川带回来送给他啊!……"

父亲将那包从四川带回来又带回去退休后再带回来的茶和一瓶白酒,恭恭敬敬地放在坟前。

我说:"爸,这么放这儿不行,会被看到的人拿走的……"

不由自主地,我跪下了。

我将白酒浇在茶包上,用打火机将茶包点燃了。

……

我和父亲一样,既是一个不喜欢喝酒的人,也是一个不喜欢饮茶的人。

父亲已于十几年前去世了。

如今茶已成了中国人之间普遍送来送去的见面礼,而且包装越来越讲究,甚至到了不必要的极其考究的程度。

而我每每地回忆起父亲与茶,也可以说是我们全家与茶的那一段往事……

二〇一二年六月二十六日于北京

普通人

父亲去世已经一个月了。

我仍为我的父亲戴着黑纱。

有几次出门前,我将黑纱摘了下来,但倏忽间,内心里涌起一种怅然若失的情感。戚戚地,我便又戴上了。我不可能永不摘下,我想。这是一种纯粹的个人情感,尽管这一种个人情感在我有不可殚言的虔意。我必得从伤绪之中解脱,也是无须别人劝慰我自己明白的。然而怀念是一种相会的形式,我们人人的情感都曾一度依赖于它……

这一个月里,又有电影或电视剧制片人员,到我家来请父亲去当群众演员。他们走后,我就独自静坐,回想起父亲当群众演员的一些微事……

一九八四年至一九八六年,父亲栖居北京的两年,曾在五六部电影和电视剧中当过群众演员。在北影院内，甚至范围缩小到我当年居住的十九号楼内，这乃是司空见惯的事。

父亲被选去当群众演员，毫无疑问最初是由于他那十分惹人注目的胡子。父亲的胡子留得很长，长及上衣第二颗纽扣，总体银白，须梢金黄。谁见了谁都对我说："梁晓声，你老父亲的一把大胡子真帅！"

父亲生前极爱惜他的胡子。兜里常揣着一柄木质小梳，闲来无事，就梳理。

记得有一次，我的儿子梁爽，天真发问："爷爷，你睡觉的时候，胡子是在被窝里，还是在被窝外呀？"

父亲一时答不上来。

那天晚上，父亲竟至于因为他的胡子而几乎彻夜失眠。竟至于捅醒我的母亲，问自己一向睡觉的时候，胡子究竟是在被窝里还是在被窝外。无论他将胡子放在被窝里还是放在被窝外，总觉得不那么对劲……

父亲第一次当群众演员，在《泥人常传奇》剧组，导演是李文化。副导演先找了父亲，父亲说得征求我的意见。父亲大概将当群众演员这回事看得太重，以为便等于投身了艺术，所以希望我替他做主，判断他到底能不能胜任。父亲从来不做自己胜任不了之事，他一生不喜欢那种滥竽充数的人。

我替父亲拒绝了。那时群众演员的酬金才两元。我之所以拒绝不是因为酬金低，而是因为我不愿我的老父亲在摄影机前被人呼来唤去的。

李文化亲自来找我——说他这部影片的群众演员中，少了一位长胡子老头儿。

"放心，我吩咐对老人家要格外尊重，要像尊重老演员们一样还不行么？"——他这么保证。

无奈我只好违心同意。

从此，父亲便开始了他的"演员生涯"——更准确地说，是"群众演员"生涯——在他七十四岁的时候……

父亲演的尽是迎着镜头走过来或背着镜头走过去的"角色"。说那也算"角色"，是太夸大其词了。不同的服装，使我的老父亲在镜头前成为老绅士、老乞丐、摆烟摊的或挑菜行卖的……

不久，便常有人对我说："哎呀晓声，你父亲真好。演戏认真极了！"

父亲做什么事都认真极了。

但那也算"演戏"么？

我每每一笑罢之。然而听到别人夸奖自己的父亲，内心里总是高兴的。

一次，我从办公室回家，经过北影一条街——就是那条旧北京假景街，见父亲端端地坐在台阶上，而导演们在摄影机前指手画脚地议论什么，不像再有群众场面要拍的样子。

时已中午，我走到父亲跟前，说："爸爸，你还坐在这儿干什么呀？回家吃饭！"

父亲说："不行。我不能离开。"

我问:"为什么?"

父亲回答:"我们导演说了——别的群众演员没事儿了,可以打发走了。但这位老人不能走,我还用得着他!"

父亲的语调中,很有一种自豪感似的。

父亲坐得很特别,那是一种正襟危坐。他身上的演员服,是一件褐色绸质长袍。他将长袍的后摆,掀起来搭在背上。而将长袍的前摆,卷起来放在膝上。他不依墙,也不靠什么,就那样子端端地坐着,也不知已经坐了多久。分明的,他唯恐使那长袍沾了灰土或弄褶皱了……

父亲不肯离开,我只好去问导演。导演却已经把我的老父亲忘在脑后了,一个劲儿地向我道歉……中国之电影电视剧,群众演员的问题,对任何一位导演,都是很沮丧的事。往往地,需要十个群众演员,预先得组织十五六个,真开拍了,剩下一半就算不错。有些群众演员,钱一到手,人也便脚底板抹油,溜了。群众演员,在这一点上,倒可谓相当出色地演着我们现实中的些个"群众"、些个中国人。

难得有父亲这样的群众演员。我细思忖,都愿请我的老父亲当群众演员,当然并不完全因为他的胡子。那两年内,父亲睡在我的办公室。有时我因写作到深夜,常和父亲一块儿睡在办公室。有一天夜里,下起了大雨。我被雷声惊醒,翻了个身,黑暗中,恍恍地,发现父亲披着衣服坐在折叠床上吸烟。我好生奇怪,不安地询问:"爸,你怎了?为什么夜里不睡吸烟?爸你是不是有什么心事啊?"黑暗之中,但闻父亲叹了口气。许久，才听他说："唉，我为我们导演发愁哇！他就怕这几天下雨……"

父亲不论在哪一个剧组当群众演员，都一概地称导演为"我们导演"。从这种称谓中我听得出来，他是把他自己——一个迎着镜头走过来或背着镜头走过去的群众演员，与一位导演之间联得太紧密了。或者反过来说，他是把一位导演，与一个迎着镜头走过来或背着镜头走过去的群众演员联得太紧密了。

而我认为这是荒唐的，实实在在是很犯不上的。我嘟哝地说："爸，你替他操这份心干吗？下雨不下雨的，与你有什么关系？睡吧睡吧！"

"有你这么说话的么？"父亲教训我道，"全厂两千来人，等着这一部电影早拍完，才好发工资，发奖金！你不明白？你一点不关心？"

我佯装没听到，不吭声。

父亲刚来时，对于北影的事，常以"你们厂"如何如何而发议论，而发感慨。不知从什么时候开始，他不说"你们厂"了，只说"厂里"了。倒好像，他就是北影的一员。甚至倒好像，他就是北影的厂长……

天亮后，我起来，见父亲站在窗前发怔，我也不说什么。怕一说，使他觉得听了逆耳，惹他不高兴。后来父亲东找西找的。我问找什么，他说找雨具。他说要亲自到拍摄现场去，看看今天究竟是能拍还是不能拍。他自言自语："雨小多了嘛！万一能拍哪？万一能拍，我们导演找不到我，我们导演岂不是要发急么？……"听他那口气，仿佛他是主角。我说："爸，我替你打个电话，向你们剧组问问不就行了么？"父亲不语，算是默许了。于是我就到走廊去打电话，其实是给我自己打电话。回到办公室，我对父亲说："电话打过了。你们组里今天不拍戏。"——我明知今天准拍不成。父亲火了，冲我吼："你怎么骗我？！你明明不是给我剧组打电话！我听得清清楚楚。你当我耳聋么？"父亲他怒冲冲地就走出去了。我站在办公室窗口，见父亲在雨中大步疾行，不免羞愧。对于这样一位太认真的老父亲，我一筹莫展……

父亲还在朝鲜民主主义人民共和国选景于中国的一个什么影片中担当过群众演员。当父亲穿上一身朝鲜民族服装后，别提多么像一位朝鲜老人了。那位朝鲜导演也一直把他视为一位朝鲜老人。后来得知他不是，表示了很大的惊讶，也对父亲表示了很大的谢意，并单独同父亲合影留念。

那一天父亲特别高兴，对我说："我们中国的古人，主张干什么事都认真。要当群众演员，咱们就认认真真地当群众演员。咱们这样的中国人，外国人能不看重你么？"

记得有天晚上，是一个星期六的晚上。我和妻子和老父母一块儿包饺子，父亲擀皮儿。忽然父亲长叹一声，喃喃地说："唉，人啊，活着活着，就老了……"

一句话，使我、妻、母亲面面相觑。母亲说："人，谁没老的时候？老了就老了呗！"父亲说："你不懂。"妻煮饺子时，小声对我说："爸今天是怎么了？你问问他。一句话说得全家怪纳闷怪伤感的……"

吃过晚饭，我和父亲一同去办公室休息。睡前，我试探地问："爸，你今天又不高兴了么？"

父亲说："高兴啊。有什么不高兴的！"

我说："那么包饺子的时候叹气，还自言自语老了老了的？"

父亲笑了，说："昨天，我们导演指示——给这老爷子一句台词！连台词都让我说了，那不真算是演员了么？我那么说你听着可以么？……"

我恍然大悟——原来父亲是在背台词。我就说："爸，我的话，也许你又不爱听。其实你愿怎么说都行！反正到时候，不会让你自己配音，得找个人替你再说一遍这句话……"

父亲果然又不高兴了。父亲又以教训的口吻说："要是都像你这种态度，那电影，能拍好么？老百姓当然不愿意看！一句台词，光是说说的事么？脸上的模样要是不对劲，不就成了嘴里说阴，脸上作晴了么？"父亲的一番话，倒使我哑口无言。

惭愧的是，我连父亲不但在其中当群众演员，而且说过一句台词的这部电影，究竟是哪个厂拍的，片名是什么，至今一无所知。我说得出片名的，仅仅三部电影——《泥人常传奇》《四世同堂》《白龙剑》。前几天，电视里重播电影《白龙剑》，妻忽指着屏幕说："梁爽你看你爷爷！"我正在看书，目光立刻从书上移开,投向屏幕——哪里有父亲的影子……

我急问:"在哪儿在哪儿?"

妻说:"走过去了。"

是啊,父亲所"演",不过就是些迎着镜头走过来或背着镜头走过去的群众角色。走得时间最长的,也不过就十几秒钟。然而父亲的确是一位极认真极投入的群众演员——与父亲"合作"过的导演们都这么说……

在我写这篇文字时,又有人打来电话——

"梁晓声?……"

"是我。"

"我们想请你父亲演个群众角色啊!……"

"这……我父亲已经去世了……"

"去世了?……对不起……"

对方的失望大大多于对方的歉意。

如今之中国人,认真做事认真做人的,实在不是太多了。如今之中国人,仿佛对一切事都没了责任感。连当着官的人,都不大肯愿意认真地当官了。

有些事,在我,也渐渐地开始不很认真了。似乎认真首先是对自己很吃亏的事。

父亲一生认真做人,认真做事。连当群众演员,也认真到可爱的程度。这大概首先与他愿意是分不开的。一个退了休的老建筑工人,忽然在摄影机前走来走去,肯定是他的一份儿愉悦。人对自己极反感之事,想要认真也是认真不起来的。

这样解释，是完全解释得通的。但是我——他的儿子，如果仅仅得出这样的解释，则证明我对自己的父亲太缺乏了解了！

我想——"认真"二字，之所以成为父亲性格的主要特点，也许更因为他是一位建筑工人，几乎一辈子都是一位建筑工人，而且是一位优秀的获得过无数次奖状的建筑工人。

一种几乎终生的行业，必然铸成一个人明显的性格特点。建筑师们，是不会将他们设计的蓝图给予建筑工人——也即那些砖瓦灰泥匠们过目的。然而哪一座伟大的宏伟建筑，不是建筑工人们一砖一瓦盖起来的呢？正是那每一砖每一瓦，日复一日、月复一月、年复一年地，十几年、几十年地，培养成了一种认认真真的责任感。一种对未来之大厦矗立的高度的可敬的责任感。他们虽然明知，他们所参与的，不过一砖一瓦之劳，却甘愿通过他们的一砖一瓦之劳，促成别人的冠环之功。

他们的认真乃因为这正是他们的愉悦！

愿我们的生活中，对他人之事的认真，并能从中油然引出自己之愉悦的品格，发扬光大起来吧！

父亲是一个普通得不能再普通的人。父亲曾是一个认真的群众演员。或者说，父亲是一个"本色"的群众演员。

以我的父亲为镜，我常不免地问我自己——在生活这大舞台上，我也是演员么？我是一个什么样的演员呢？就表演艺术而言，我崇敬性格演员。就现实中人而言，恰恰相反，我崇敬每一个"本色"的人，而十分警惕"性格演员"……

父亲的遗物

心里总想着应向母亲认错,可直至母亲也去世了,认错的话竟没机会对母亲说过……

我站在椅上打开吊柜寻找东西,蓦地看见角落里那一只手拎包。它是黑色的,革的,很旧的,拉锁已经拉不严了,有的地方已经破了。虽然在吊柜里,竟也还是落了一层灰尘。

我呆呆站在椅上看着它,像一条走失了多日又终于嗅着熟悉的气味儿回到了家里的小狗看着主人……

那是父亲生前用的手拎包啊!

父亲病故十余年了,手拎包在吊柜的那一个角落也放了十余年了。有时我会想到它在那儿,如同一个读书人有时会想到对自己影响特别大的某一部书在书架的第几排。更多的日子里更多的时候,我会忘记它在那儿。忘记自己曾经是儿子的种种体会……

十余年中,我不止一次地打开过吊柜,也不止一次地看见过父亲的手拎包,但是却从没把它取下过。事实上我怕被它引起思父的感伤。从少年时期至青年时期至现在,我几乎一向处在多愁善感的心态中。我觉得我这个人被那一种心态实在缠绕得太久了。我怕陷入不可名状的亲情的回忆。我承认我每有逃避的企图……

然而这一次我的手却不禁地向父亲的遗物伸了过去。近年来我内心里常涌起一种越来越强烈的倾诉愿望,但是我却不愿被任何人看出我其实也有此愿。这一种封闭在内心里的愿望,那一时刻使我对父亲的遗物倍觉亲切。尽管我知道那即使不是父亲的遗物而是父亲本人仍活着,我也断不会向父亲倾诉我人生的疲惫感。

我的手伸出又缩回,几经犹豫,最终还是把手拎包取了下来……

我并没打开它。我认真仔细地把灰尘擦尽,转而腾出衣橱的一格,将它放入衣橱里了。我那么做时心情很内疚,因为那手拎包作为父亲的遗物,早就该放在一处更适当的地方。而十余年中,它却一直被放在吊柜的一角。那绝不是该放一位父亲的遗物的地方。一个对自己父亲感情很深的儿子,也是不该让自己父亲的遗物落满了灰尘的啊!

我不必打开它,也知里面装的什么——一把刮胡刀。在我很小的时候,就见过父亲用那一把刮胡刀刮胡子。父亲的络腮胡子很重,刮时发出刺啦刺啦的响声。父亲死前,刮胡刀的刀刃已被用窄了,大约只有原先的一半那么宽了。因为父亲的胡子硬,每用一次,必磨一次。父亲的胡子又长得快,一个月刮五六次,磨五六次,四十几年的岁月里,刀刃自然耗损明显。如今,连一些理发店里,也用起安全刀片来了。父亲那一把刮胡刀,接近于文物了……

手拎包里还有一个小小的牛皮套,其内是父亲的印章。父亲一辈子只刻过那么一枚印章。木质的,比我用的钢笔的笔身粗不到哪儿去,父亲一生离不开那印章。是工人时每月领工资要用,退休后每三个月寄来一次退休金,每月六十余元,一年仅用数次……

一对玉石健身球,是我花五十元为父亲买的。父亲听我说是玉石的,虽然我强调我只花了五十元,父亲还是觉得那一对健身球特别宝贵似的。他只偶尔转在手里,之后立刻归放盒中。其中一只被他孙子小时候非要去玩,结果掉在阳台的水泥地上摔裂了一条纹……

父亲当时心疼得直跺脚,连说:"哎呀,哎呀,你呀,你呀!真败家,这是玉石的你知道不知道哇!……"

再有,就是父亲身份证的影印件了。原件在办理死亡证明时被收缴注销了。我预先影印了,留作纪念。手拎包的里面,还有一层。那道拉锁是好的。影印件就在夹层里。

除了以上东西,父亲这一位新中国第一代建筑工人,再就没留下什么遗物了。仅有的这几件遗物中,健身球还是他的儿子给他买的。

手拎包的拉锁,父亲生前曾打算换过。但那要花三元多钱。花钱方面仔细了一辈子的父亲舍不得花三元多钱。父亲曾试图自己换,结果发现皮革已有些糟了,"咬"不住线了,自己没换成。我曾给过父亲一只开什么会发的真皮的手拎包。父亲却将那真皮的手拎包收起来了,舍不得用。他生前竟没往那真皮的手拎包里装过任何东西……

他那只旧拎包夹层的拉锁却是好的。既然仍是好的,父亲就格外在意地保养它,方法是经常为它打蜡。父亲还往拉锁上安了一个纽扣那么大的小锁。因为那夹层里放过对父亲来说极重要的东西——有六千元整的存折。那是父亲一生的积攒。他常说是为他的孙子我的儿子积攒的……

父亲逝前一个月,我为父亲买了六七盒"蛋白注射液",大约用了近三千元钱。我明知那绝不能治愈父亲的癌症,仅为我自己获得一点儿做儿子的心理安慰罢了。父亲那一天状态很好,目光特别温柔地望着我笑了。

可母亲走到了父亲的病床边,满脸忧愁地说:"你有多少钱啊?买这种药能报销吗?你想把你那点儿稿费都花光呀?你们一家三口以后不过了呀?……"

当时,已为父亲花了一万多元,父亲的单位效益不好,还一分钱也没给报销。母亲是知道这一点的。在已无药可医的丈夫和她的儿子之间,尤其当母亲看出我这个儿子似乎要不惜一切代价地延缓父亲的生命时,她的一种很大的忧虑便开始转向我这一方面了……

当我捧着药给父亲看，告诉父亲那药对治好父亲的病疗效多么显著时，却听到母亲从旁说出那种话，我的心情可想而知……仰躺着已瘦得虚脱了的父亲低声说："如果我得的是治不好的病，就听你妈的话，别浪费钱了……"沉默片刻，又说："儿子，我不怕死。"再听了父亲的话，我心凄然。那药是我求人写了条子，骑自行车到很远的医院去买回来的呀！进门后脸上的汗还没来得及擦一下呀……

结果我在父亲的病床边向母亲大声嚷嚷了起来："妈妈，你再说这种话，最好回哈尔滨算了！……"我甚至对母亲说出了如此伤她老人家心的冷言冷语……

母亲是那么忍辱负重。她默默地听我大声嚷嚷，一言不发。而我却觉得自己的孝心被破坏了，还哭了……母亲听我宣泄够了，离开了家，直至半夜十一点多才回家。如今想来，母亲也肯定是在外边的什么地方默默哭过的……哦，上帝，上帝，我真该死啊！当时我为什么不能以感动的心情去理解老母亲的话呢？我伤母亲的心竟怎么那么近于冷酷呀？！一个月后，父亲去世了；母亲回哈尔滨了……心里总想着应向母亲认错，可直至母亲也去世了，认错的话竟没机会对母亲说过……

母亲留下的遗物就更少了。我选了一条围脖和一个半导体收音机。围脖当年的冬季我一直围着，企图借以重温母子亲情。半导体收音机是我为母亲买的，现在给哥哥带到北京的精神病院去了，他也不听。我想哪次我去看他，要带回来，保存着。

我写字的房间里，挂着父亲的遗像——一位面容慈祥的美须老人；书架上摆着父亲和我们兄弟四人一个妹妹青少年时期的合影，都穿着棉衣。我们一家竟没有一张"全家福"。在哈尔滨市的四弟家里，有我们年龄更小时与母亲的合影，那是夏季的合影。那时母亲才四十来岁，看上去还挺年轻……

父亲在世时，常对我儿子说："你呀，你呀，几辈子人的福，全让你一个人享着了！"现在上高三了的儿子，却从不认为他幸福。面临高考竞争的心理压力，也使儿子过早地体会了人生的疲惫……现在，我自己竟每每想到死这个字了。我也不怕死，只是觉得，还有些亲情责任未尽周全。我是根本不相信另一个世界之存在的。但有时也孩子气地想：倘果有冥间，那么岂不就省了投胎转世的麻烦，直接又可以去做父母的儿子了吗？那么我将再也不会伤父母的心了。

在我们这个阳世没尽到的孝，我就有机会在阴间弥补遗憾了。阴间一定有些早夭的孩子，那么我愿在阴间做他们的老师。阴间一定没有升学竞争吧？那么孩子们和我双方的教与学一定是轻松快乐的。我希望父亲做一名老校工，我相信父亲一定会做得非常敬业。我希望母亲为那阴间的学校养群鸡，母亲爱养鸡。我希望阴间的孩子们天天都有鸡蛋吃。这想法其实并不使我悲观，恰恰相反，常使我感觉到某种乐观的呼唤。故我又每每孩子气地在心里说：爸爸，妈妈，耐心等我……

辑三

家载一生

关于"家"的絮语

即使旧巢倾毁了,燕子也要在那地方盘旋几圈才飞向别处——这是本能。即使家庭就要分化解体了,儿女也要回到家里看看再考虑自己去向何方——这是人性。恰恰相反的是,禽类和其他动物几乎从不在毁坏了巢穴的地方又筑新窝。而人几乎一定要在那样的地方重建家园……

"家"对人来说,是和"家乡"这个词连在一起的。

贺知章的名诗《回乡偶书》中有一句是"少小离家老大回"。遣词固然平实,吟读却令人回肠百结。当人的老家不复存在了,"家"便与"家乡"融为一体了。

在山林中与野兽历久周旋的猎人,疲惫地回到他所栖身的那个山洞,往草堆上一倒,许是要说一句——"总算到家了"吧?云游天下的旅者,某夜投宿于陋栈野店,头往枕上一挨,许是要说一句——"总算到家了"吧？即便不说，我想，他内心里也是定会有那份儿感觉的吧？一位当总经理的友人，有次邀我到乡下小住，一踏入农户的小院，竟情不自禁地说："总算到家了。"……他的话使我愕然良久。切莫猜疑他们夫妻关系不佳，其实很好。为什么，人会将一个山洞、一处野店，乃至别人的家，当成自己的"家"呢？

我思索了数日，终于恍然大悟——原来人除了自己的躯壳需要一个家而外，心里也需要一个"家"的。至于那究竟是一个怎样的所在，却因人而异了……

"家"的古字，是屋顶之下，有一口猪。猪是我们的祖先最早饲养的畜类，是针对最早的"家"而言，是最早的财富的象征。足见在古人的观念中，财富之对于家，乃是相当重要的含意。

在当代，一个相当有趣的现实是——西方的某些富豪或高薪阶层，总是以和家人待在一起的时间的多少，来体会幸福的概念的。而我们中国的某些富豪和高薪阶层，总是要把时间大量地耗费在家以外，寻求在家以外的娱乐和花天酒地。仿佛不如此，就白富豪了，白有挥霍不完的钱财了。

这都是灵魂无处安置的结果。心灵的"家"乃是心灵得以休憩的地方。那个地方不需要格外多的财富，渴望的境界是"请勿打扰"。是的，任何人的心灵都同样是需要休憩的。所以心灵有时不得不从人的"家"中出走，去寻找属于它的"家"……建筑业使我们的躯壳有了安居之所，而我们的心灵自在寻找,在渴求……

遗憾的是——几乎我们每一个人都有家,而我们的心灵却似无家可归的流浪儿。朋友,你倘以这一种体会聆听潘美辰的歌《我想有个家》,则难免不泪如泉涌……

关于"罐头"的记忆

我永远忘不了十三四岁时,滴到我嘴里的那一滴罐头汁……

不知"罐头"一词究竟是外语的直译,或中国百姓的惯说。每每视其而想,"罐"字似乎有些道理,后边连着"头"字却又是何意呢?百思不得其解。

我大约已有十年没吃过罐头了。确切地说,是没吃过自己花钱买的罐头。当然不是舍不得自己花钱买了吃。如今罐头实在是很便宜,瓶装的才四五元,和一个半大不小的西瓜等价。生活不是特别困难的人家,买几听罐头吃绝对不算奢侈。当然也不是吃够了,事实上我活到如今没吃过几次罐头。

有时开什么会或参加什么活动吃公饭,饭桌上往往有一盘罐头水果。或梨,或桃,或荔枝,或菠萝什么的。众人离开餐桌时,那一盘罐头水果,又往往并没明显地减少。有人可能吃了一口,有人可能都懒得向那盘中伸筷子或勺子。我属于后一种人。正是在那样的时候,便不禁浮想联翩起来了。

逢年过节,客人登门,配衬着些小礼物,总有一两听罐头。客人一走,则就放入冰箱保存。而这一放,也许一两个月甚至更长的时间忘了打开吃。终于某一天清理冰箱取出来,于是免不了大发指责。指责当然首先是冲妻子的。

"怎么回事?为什么到现在还没吃?以为放在冰箱里就不会坏么?在冰箱里放久了照样会坏的!这么点起码的常识都不懂么?放坏了不是一种浪费么?"

妻子则就会说:"那你吃啊!快打开吃!吃了就不必再往冰箱里放啦!还省得占地方呢!"

"我吃就我吃!"

话一出口,自己听着也觉得不太对味儿,仿佛体现着种"见危险就上"的大无畏精神似的。

家庭中出现了危险,勇于舍己的当然应是丈夫应是父亲。可这不是危险啊!这是吃罐头啊!

怎么地,吃罐头之对于中国人,竟成了这样的事了呢?仿佛还需要"战前动员"似的。

心里这么想着,就打开了。倒在碗里,自己先吃。有那么点儿以身作则的意味儿。

吃了几片,喝了一口汁,觉得和记忆中的罐头的好吃简直没法比。明知自己一个人无论如何是吃不完的,于是分在三碗里。

"哎,你也得吃!"

这话是对妻子说的。

"还有你,别以为没你的事儿!"

这话是对儿子说的。

嘴上这么说着,自己听着,越发觉得不像话了,好像在分派给妻儿极不情愿的"任务"。

妻子说:"先放那儿吧!没见我这会儿正忙着清理冰箱么?"

"一会儿别忘了吃啊!"

与其说是叮嘱,莫如说是威告。

儿子说:"我不吃。"

态度是那么干脆。

"你不吃?凭什么你不吃?"

"爸你这是什么话啊!什么叫凭什么啊!"

"好,算我表达有误。那就不问你凭什么,问你为什么?为什么不吃!"

"不为什么。不想吃而已。"

"不想吃?还……还而已?!难道罐头不好吃么?"

"我也没说不好吃啊!"

"没说不好吃,那就等于承认,罐头其实是一种好吃的东西!好吃的东西而不想吃,就得说出理由来!"

"说理由就说理由,我胃疼。"

"胃疼？撒谎！早不胃疼晚不胃疼，让你吃一小碗罐头就开始胃疼了？胃疼也得吃！吃罐头治胃疼！"

妻子从旁听不下去了，帮儿子解围："你也太专制了吧！儿子已经说了他胃疼，你干吗还非逼他吃凉罐头？你也甭逼他，我替儿子吃！真是的，不就是一小碗罐头么？"

听那口吻，大有舍身代罚的意味儿。

不愿惹得妻儿都不愉快，于是不再说什么，默默吃自己那一小碗。

心中不禁又浮想联翩……

待吃光了自己那一小碗，妻子也关上了清理后的冰箱。

我搭讪着说："同志，我已经吃完了，你也得吃完啊！包括儿子的一份儿！"

"去去去，别啰唆！我什么时候吃，是我的事儿，不必你管。"

妻子洗了手，径自看电视去了。

可自己的心思，还在那两小碗罐头内容上。见妻子看电视看得那么专注，一副根本没有"使命感"的模样，于是端了一小碗，凑将过去，尽量以亲爱的口吻说："我替你端来了，一边看一边吃，怎么样？啊？"

妻子吃了两口，起身离开。随在妻身后"监视"着，见她将两碗罐头并为一碗，又放进了冰箱。

于是好言批评："你看你，都打开了，倒出来了，不吃完，仍往冰箱里放，你不是成心要放坏么？……"

"那，我现在吃不下去怎么办？是罪？该杀？……"

于是自己一赌气，从冰箱捧出，捧着闷坐一旁，暗暗发誓非吃个一干二净不可。

的确吃了个一干二净。

但是第二天自己的肠胃就闹起病来……

妻子非是富家女。全世界的富有人家并不整天吃水果罐头，这是谁都知道的。因而妻子不存在是否吃伤的问题。自从她成为我的妻子，似乎只买过几次水果罐头。儿子小时候，我是为他买过几次罐头的，有数的几次，最多不超过五次。他一上到小学，就再也不爱吃水果罐头了。

一切的罐头都是西方人发明的。最先是军用食品的一种，后来才普及于市民。水果罐头又只不过是水果保存的方式。在西方，富人当然不吃水果罐头，而吃应季鲜果。水果罐头是大众食品，是专供百姓吃的。

近年来，中国人的生活水平提高得较快。显著的提高体现在吃一方面。市场规律刺激了果农的积极性。所以近年来中国市场上瓜果梨桃供应极为丰富，有时甚至呈现过剩趋势。而且价格一年比一年便宜。即使按照低工资的消费水平比照，中国也几乎是寻常果类售价最便宜的国家。以北京为例，除了荔枝、桂圆、芒果、猕猴桃等南方果类的售价平民百姓轻易不敢问津，苹果、梨、桃、杏、菠萝、葡萄等，通常价几乎与菜蔬相等。自然地，水果罐头便不怎么受待见了。如今，连城里人送礼，也不再考虑水果罐头了。水果罐头的身价一贬再贬，只农村和小乡镇还沿袭着以水果罐头作为礼品相送的人情遗风。据我所知，全国的水果罐头厂，经济效益皆不景气。

在我小的时候，水果罐头却是平民百姓家的孩子稀见之物。

小学六年级，我才知道世界上有水果罐头这一种东西。

当年一名同学正与另几名同学大谈水果罐头如何好吃，我走过去听了一耳朵，只听清了"罐头"二字，便从旁插言道："那谁没吃过？也不像你说的那么好吃呀！"

那同学相讥道："就你们家那么穷，你会吃过罐头？鬼才信哪！"

我比画着说："我当然吃过一次的！不就比月饼大一圈儿么？很硬很暄的。白面烙的，细嚼怪香的！"

他说："哈！哈！你吹牛吧？那叫罐头么？那叫'杠头'！'杠头'不过是一种干粮！水果罐头，那是把水果削了皮，剔了核切成块儿，放进一个铁罐子里，再加上糖水，然后把铁罐子封上。你吃过的么？你吃过的么？……"

我说："你才吹牛呢！把水果削了皮，剔了核，切成了块儿，却不吃，反而要装进铁罐儿里，还要封上盖儿，那是干什么嘛！那不是精神病么？"

于是我们彼此攻击。

另外的同学们，只有一两个见过罐头的，便都站在事实一边儿，竭力支持他说世上有罐头这一种东西。其余的同学和我一样，不但从未见过，而且从未听说过，就像从未听说过巧克力、麦乳精、乐口福、冰激凌一样，当然盲目而又自信地站在我一边儿，异口同声地冲着那个吃过罐头的同学嚷："精神病！精神病！"

几天后，在校门外，在刚刚放学的时候，那名吃过罐头的同学和几天前支持过他的同学拦住了我。

他说："你不是不相信世界上有罐头么？来，让你见识见识什么是罐头！"

他将我引到一处僻静的地方，从书包里掏出了一听罐头——后来我知道，因他父亲是飞行员，所以他才有幸能吃上罐头。那是一种筒装啤酒一样的铁皮罐头，盖儿上有环，一拉，盖儿便彻底翻开……

于是他和那几个支持过他的同学当着我的面儿轮番喝罐头汁。接着又轮番用手指夹出果块津津有味地吃……

后来他说："还有呢！"——示意他们中个子最高的同学，将罐头放在了人家院门的柱顶上。

望着他们走远，我扬头看那"高高在上"的罐头。我心里对自己说，你可要有点儿志气，脚步却不由自主地走了过去。我踮起脚跟，伸长一只手臂，却怎么也够不到柱子顶上那听罐头。但同学们喝时吃时故意做出的夸张表情，惹得我真馋啊！我四下里找了几块碎砖头，摞起来，一只脚站上去才将那罐头够在手里。偏巧那人家里有人出屋，在院里大喝一声："干什么？！"我一慌，摔了个屁蹲儿。手里仍拿着那听罐头……

院子里的人并没出院子,又回到屋里去了。

站起来,低头看罐头,见里面其实空空如也。

当然很沮丧,但也非常不甘心,举起空罐头筒子仰起头张大嘴耐心地承接着。许久,终于有一滴特别甜特别甜的汁滴落口中。

那是我长到十三四岁从未品味过的一种甜。它仿佛将我的嘴都甜得"麻木"了。仿佛在我胃里顿时溶解为一片,并经由胃渐渐渗入到我周身的血管里。好比世界上一块含糖量最高的冰糖渐渐溶解在一杯凉水里一样……

如今回想起来,用"天上甘露"来形容绝不算夸张。

忽然我听到一阵大笑。一转身,见一堵墙后,闪现出那几个同学的身影。

我羞愧难当,丢了空罐头筒,拔腿便跑……

从那以后,"罐头"两个字,便深深地印在了我脑海里。

我开始常在梦中梦见罐头,如常在梦中梦见新书包……

老百姓家的孩子,只有在生病时,才可能吃到自己很馋,而平时又吃不到的东西。比如煎鸡蛋、面条、一个苹果、一只梨什么的。

我因馋罐头而巴望自己生一场大病。

不久我真的病了。不过非是什么大病,是由于中耳炎引起的高烧。

老百姓家的母亲们,在这种时候问病了的小儿女们的话照例是——"孩子,想吃点儿什么呀?"

我鼓足勇气,犹犹豫豫地说:"妈,我想吃罐头。"

母亲愣了愣,问站在一旁的哥哥:"他说他想吃什么?"

哥哥替我回答了一遍:"妈,二弟说他想吃罐头。"

母亲又是一阵发愣,之后将哥哥扯到外间屋去。

我听到母亲在外间屋悄悄声说:"这老二,想吃什么不好,怎么偏偏想起吃罐头来了呢?他从哪儿听说罐头好吃的呢?以为咱们是什么人家了啊!"

而哥哥悄声说:"妈,就给我二弟买听罐头吃吧。吃罐头有利于降烧呢!"

母亲低声训斥:"住嘴,别胡说!"——片刻后又问:"一听罐头得多少钱?"

哥哥说一听罐头九角多。

"九角多?那么贵?够三四天的菜钱了!你就说哪哪儿都没买到罐头,给你二弟买两支冰棍儿就行了。冰棍儿更有利于降烧……"

接着,母亲回到里间屋,俯下身,充满爱意地注视着我说:"我让你哥给你买罐头去了!"

我羞愧地说:"妈,其实我也不怎么想吃罐头,随口说说的,你别那么当真。"

母亲却说:"一听罐头,妈还是舍得买给你吃的……"

母亲离开后,弟弟妹妹们围了过来,一个个咽着口水问我,罐头究竟是种什么东西?怎么个好吃法儿?……

而我，不禁地，就流泪了——因自己的过分高的要求，也因母亲那份儿兑现不起的母爱……

第二年，父亲从大西北回来探家了。我从他的背包翻出了两个"赤身裸体"，没有任何商标纸包装的铁皮罐儿。眼睛一亮，心想那必是罐头无疑了。一问父亲，果然是。父亲说，那是他用一双劳保鞋和几双劳保手套在列车上与人换的，说为的是春节饭桌上能多道稀罕的菜。我问里边是什么。父亲说他也不知道。我说你与人交换时怎么不问问啊。父亲说，列车上许多人都争着用不能吃的东西换能吃的东西，自己挤上前换到手就谢天谢地了，哪儿还顾得上问啊！……

"三十儿"晚上，父亲亲自开罐头。父亲不慎将手指划了个大口子，流血不止。母亲替父亲包扎手指之际，我将两听罐头分别倒在两个盘子里……

第一个盘子里出现的是没削皮的大红萝卜块儿；第二个盘子里出现的也是同样的东西。由于做罐头的铁皮不过关由于过期，倒出的汁水浮着一层铁锈，变质的红萝卜块儿发出一股怪味儿。

它们根本就不能吃了……

我下乡后，连队的小卖部就有罐头卖。但我哪里舍得买了吃呢？"够三四天的菜钱了！"看见罐头，母亲当年的话便在我耳边响起。我宁愿自己永远也不吃罐头，为在城市里过贫穷日子的母亲和弟弟妹妹省下三四天菜钱……

但是我当班长时，班里的战士病了，我每每为他们买罐头。连队小卖部里除了罐头，也再无别的什么好吃的东西可买……

当小学教员时，学生病了，我也为学生们买过罐头……

每次探家，我去精神病院探视考上了大学而又因家境贫困读不起大学所以精神失常的哥哥，总是要拎上几听罐头……

怀着感激去到那些帮助过我家以及帮助过我的好心人家里作礼节性的走动时，罐头往往也是必买的东西之一种……

一九七四年我接到大学录取通知书后，回老连队去向知青战友们告别。他们在大宿舍里为我"饯行"。几只饭盒摆在一起时，有一个战友看一看说："怎么觉得少点儿什么呢？哎，你们看还少点儿什么？"

我一言不发，默默起身去了小卖部，将每种罐头都买了一听。

那一年我二十四岁。第一次吃罐头，而且是吃自己买的罐头。我只象征性地吃了几口，不知为什么，竟没感到特别好吃……

大学毕业五年后，我成家了。我的工资五十元多一点点。妻的工资高我几元。有了儿子后，开销增加了，我们必得"勤俭持家"。

于是我在夏季西红柿便宜时，向邻居们学做西红柿"罐头"。那是"土法上马"的"制作"。做法说麻烦也麻烦，说简单也简单——将些葡萄糖瓶子水煮消毒，将西红柿洗净，切成条，由瓶口塞入瓶中，再加入糖醋，然后放在蒸锅里蒸。

最后塞严橡皮瓶塞，再用塑料薄膜扎紧瓶口，摆放在阴凉处即可……

有一年夏季我做了二十几瓶。冬季吃不了，送给别人家，甚至也送给岳父母家。接受的人享用后，都说很好吃……

然而我却极少吃自己亲手做的罐头。天生吃不来一切罐头化了的水果或其他食品。在这一点上，我这个贫穷之家出身的人，又似乎显得太矫情了。

可当年落入口中那一滴罐头汁，为什么就特别特别甘甜呢？个中缘由，我没细想过，自己也说不太清。

如今，在任何一家副食商店，罐头的专柜，大抵琳琅满目。品种之多，包装之美，非常吸引人的目光。

我喜欢站在罐头专柜前欣赏地看，但绝不会买。

有时，竟会由欣赏而陷入浪漫的遐想，希望自己是一位神仙，口中暗念咒语，轻轻一挥手，将全中国大小商店里的、仓库里的，以及大小罐头厂里正在生产着的各种各样的罐头，全靠意念搬运到许多偏远农村的贫穷农家里去……

兄长

如果，谁面对自己的哥哥，心底油然冒出"兄长"二字的话，那么大抵，谁已老了。并且，谁的"兄长"肯定更老了。

这个"谁"，倘是女性，那时刻她眼里，几乎会漫出泪来；而若是男人，表面即使不动声色，内心里也往往百感交集。男人也罢，女人也罢，这种情况之下的他或她以及兄长，又往往早已是没了父母的人了。即使这个人曾有多位兄长，那时大概也只剩对面或身旁那唯一的一个了。于是同时觉得变成了老孤儿，便更加互生怜悯了。老人而有老孤儿的感觉，这一种忧伤最是别人难以理解和无法安慰的，儿女的孝心只能减轻它，冲淡它，却不能完全抵消它。

有哥的人的一生里，心底是不大会经常冒出"兄长"二字的。"兄长"二字太过文化了，它一旦从人的心底冒了出来，会使人觉得，所谓手足之情类似一种宗教情愫，于是几乎想要告解一番，仿佛只有那样才能驱散忧伤……

几天前，在精神病院的院子里，我面对我唯一的哥哥，心底便忽然冒出了"兄长"二字。那时我忧伤无比，如果附近有教堂，我将哥哥送回病房之后，肯定会前去祈祷一番的。我的祷词将会很简单，也很直接："请保佑我，也保佑我的兄长……"我一点儿也不会因为这样的祈求而感到羞耻。

我的兄长大我六岁，今年已经六十八周岁了。从二十岁起，他一大半的岁月是在精神病院里度过的。他是那么渴望精神病院以外的自由，而只有当我是一个退休之人了，他才会有自由。我祈祷他起码再活十年，不病不瘫地再活十年。我不奢望上苍赐他更长久的生命。因为照他现在的健康情况看来，那分明是不实际的乞求。我也祈祷上苍眷顾于我，使我再有十年的无病岁月。只有在这两个前提之下，他才能过上十年左右精神病院以外的较自由的生活。对于一个四十八年中大部分岁月是在精神病院中度过的，并且至今还被软禁在精神病院里的人，我认为我的乞求毫不过分。如果有上帝、佛祖或其他神明，我愿与诸神达成约定：假使我的乞求被恩准了，哪怕在我的兄长离开人世的第二天，我的生命也必结束的话，那我也宁愿，绝不后悔！

在我头脑中，我与兄长之间的亲情记忆就一件事：大约是我三四岁时，我大病了一场，高烧，母亲后来是这么说的。我却只记得这样的情形——某天傍晚我躺在床上，对坐在床边心疼地看着我的母亲说我想吃蛋糕。之前我在过春节时吃到过一块,觉得那是世上最好吃的东西。外边下着瓢泼大雨,母亲保证说雨一停,就让我哥去为我买两块。当年,在街头的小铺子里,点心乃至糖果也是可以论块买的。我却哭了起来,闹着说立刻就要吃。于是当年十来岁的哥哥脱了鞋、上衣和裤子,只穿裤衩,戴上一顶破草帽,自告奋勇,表示愿意冒雨去为我买回来。母亲被我哭闹得无奈,给了哥哥一角几分钱,于心不忍地看着哥哥冒雨冲出了家门。外边又是闪电又是惊雷的,母亲表现得很不安,不时起身走到窗前往外望。我觉得似乎过了挺长的钟点哥哥才回来,他进家门时的样子特滑稽,一手将破草帽紧拢胸前,一手拽着裤衩的上边。母亲问他买到没有,他哭了,说第一家铺子没有蛋糕,只有长白糕,第二家铺子也是,跑到了第三家铺子才买到的。说着,哭着,弯了腰,使草帽与胸口分开,原来两块用纸包着的蛋糕在帽兜里。那时刻他不是像什么落汤鸡,而是像一条刚脱离了河水的娃娃鱼;那时刻他也有点儿像在变戏法,是被强迫着变出蛋糕来的。变是终归变出来了两块,却委实变得太不容易了,所以哭,大约因为觉得自己笨。

母亲说:"你可真死心眼儿,有长白糕就买长白糕嘛,何必多跑两家铺子非买到蛋糕不可呢?"

他说:"我弟要吃的是蛋糕,不是长白糕嘛!"

还说,母亲给他的钱,买三块蛋糕是不够的,买两块还剩下几分钱,他自作主张,还为我买了两块酥糖……

"妈,你别批评我没经过你同意啊,我往家跑时都摔倒了。"

其实对于我,长白糕和蛋糕是一样好吃的东西。我已几顿没吃饭了,转眼就将蛋糕狼吞虎咽地吃了下去。

而母亲却发现,哥哥的胳膊肘、膝盖破皮了,正滴着血。当母亲替哥哥用盐水擦过了伤口,对我说"也给你哥吃一块糖"时,我连最后一块糖也嚼在嘴里了……

是的,我头脑中只不过就保留了对这么一件事的记忆。某些时候我试图回忆起更多几件类似的事,却从没回忆起过第二件。每每我恨他时,当年他那种像娃娃鱼又像变戏法的少年的样子,就会逐渐清楚地浮现在我眼前。于是我内心里的恨意也就会逐渐地软化了,像北方人家从前的冻干粮,上锅一蒸,就暄腾了。只不过在我心里,热气是回忆产生的。

是的——此前我许多次地恨过哥哥。那一种恨,可以说是到了憎恨的程度。也有不少次,我曾这么祈祷:上帝呵,让他死吧!并且,毫无罪过感。

我虽非教徒,但由于青少年时读过较多的外国小说,大受书中人物影响,倍感郁闷、压抑了,往往也会像那些人物似的对所谓上帝发出求助的祈祷。

千真万确,我是多次憎恨过我的哥哥的。

我上小学三年级时,哥哥已经在读初三了,而我从小学四年级到六年级的三年里,正是哥哥从高一到高三的阶段。那时,我又有了两个弟弟一个妹妹。而实际上,家中似乎只有我和两个弟弟一个妹妹四个孩子。除了过年过节和星期日,我们四个平时白天是不太见得到哥哥的。即使星期日,他也不常在家里。我们能见到母亲的时候,并不比能见到哥哥的时候多一些。而是建筑工人的父亲,则远在大西南。某几年这一省,某几年那一省。从我小学一年级的时候起,父亲就援建"大三线"去了——每隔两三年才得以与全家团圆一次,每次十二天的假期。那对父亲如同独自一人的万里长征,尽管一路有长途汽车和列车可乘坐,但中途多次转车,从大西南的深山里回到哈尔滨的家里,每次都要经历五六天的疲惫途程。父亲的工资当年只有六十四元,他每月寄回家四十元,自己花用十余元,每月再攒十余元。如果不攒,他探家时就得借路费了,而且也不能多少带些钱回到家里了。到过我家里的父亲的工友曾同情地对母亲说:"梁师傅太仔细了,舍不得买食堂的菜吃,自己买点儿酱买几块豆腐乳下饭,二分钱一块豆腐乳,他往往就能吃三天!"

那话,我是亲耳听到了的。

父亲寄回家的钱,十之八九是我去邮局取的。从那以后,每次看着邮局的人点钱给我,我的心情不是高兴,而竟特别地难受。正是由于那种难受使我暗下决心,初中毕业后,但凡能找到份工作,我一定不读书了,早日为家里挣钱才更要紧!

那话,哥哥也是当面听到了的。

父亲的工友一走,哥哥哭了。

母亲已经当着来人的面落过泪了,见哥哥一哭,便这么劝:"儿子别哭。你可一定要考上大学对不对?家里的日子再难,妈也要想方设法供你到大学毕业!等你大学毕业了,家里的日子不就有缓了吗?爸妈不就会得你的济了吗?弟弟妹妹不就会沾你的光了吗……"

从那以后,我们见到哥哥的时候就更少了,学校几乎成了他的家了。从初中起,他就是全校的学习尖子生,也是学生会和团的干部,他属于那种多项荣誉加于一身的学生。这样的学生,在当年,少接受一种荣誉也不可能,那是自己做不了主的事。将学校当成家,一半是出于无奈,一半也是根本由不得他自己做主。我们的家太小太破烂不堪,如同城市里的土坯窝棚。在那样的家里学习,要想始终保持全校尖子生的成绩是不太可能的,所以他整天在学校里,为那些给予他的荣誉尽着尽不完的义务,也为考上大学刻苦学习。

每月四十元的生活费,是不够母亲和我们五个儿女度日的。母亲四处央求人为自己找工作。谢天谢地,那几年临时工作还比较好找。母亲最常干的是连男人们也会叫苦不迭的累活儿脏活儿。然而母亲是吃得了苦的。只要能挣到份儿钱,再苦再累再脏的活儿,她也会高高兴兴地去干。每月只不过能挣二十来元吧,那二十来元,对我家的日子作用重大。

一年四季,我和弟弟妹妹们的每一天差不多总是这样开始的:当我们醒来,母亲已不在家里,不知何时上班去了。哥哥也不在家里了,不知何时上学去了。倘是冬季,那时北方的天还没亮。或者,炉火不知何时已生着了,锅里已煮熟一锅粥了,不是玉米粥,便是高粱米粥。或者,只不过半熟,得待我起床了捅旺火接着煮。也或者,锅火并没生,屋里冷森森的,锅里是空的,须我来为弟弟妹妹们弄顿早饭吃。煮玉米粥或高粱米粥是来不及了的,只有现生火,煮锅玉米面粥……

我从小学二三年级起就开始做饭、担水、收拾屋子,做几乎一切的家务了。在当年的哈尔滨,挑回家一担水是不容易的。我家离自来水站较远,不挑水也要走十来分钟。对于才小学二三年级的孩子,挑水得走二十来分钟了,因为中途还要歇两三歇。我是决然挑不起两满桶水的,一次只能挑半桶。如果我早上起来,发现水缸里居然已快没水了,我对哥哥是很恼火的。我认为挑水这一项家务,不管怎么说也应该是哥哥的事。但哥哥的心思几乎全扑在学习上了,只有星期日他才会想到自己也该挑水的,一想到就会连挑两担,那便足以使水满缸了。而我呢,其实内心里也挺期待他大学毕业以后,能分配到较令别人羡慕的工作,挣较多的钱,使全家人过上较幸福的生活。这种期待,往往很有效地消解了我对他的恼火。

然而我开始逃学了。

因为头一天晚上没写完作业或根本就没顾得上写,第二天上午忙得顾此失彼,终究还是没得空写——我逃学。

因为端起锅时,衣服被锅底灰弄黑了一大片,洗了干不了,不洗再没别的衣服可换(上学穿的一身衣服当然是我最体面的一身衣服了)——我逃学。

因为一上午虽然诸事忙碌得还挺顺利,但是背上书包将要出门时,弟弟妹妹眼巴巴地望着我,都显出我一走他们会害怕的表情时——我逃学。

因为外边大雪纷飞,天寒地冻,而家里若炉火旺着,我转身一走不放心;若将炉火压住,家里必也会冷得冻手冻脚——我逃学。

因为外边在下雨,由于房顶处处破损,屋里也下小雨,我走了弟弟妹妹们不知如何是好——我逃学……

我对每一次逃学几乎都有自认为正当的辩护理由。而逃学这一种事,是要付出一而再、再而三的代价的。我头一天若逃学了,晚上会睡不着觉的,唯恐面对老师当着全班同学面的训问不知如何回答是好。结果第二天又逃学,第三天还逃学。最多时,我连续逃学过一个星期,并且教弟弟妹妹怎样帮我圆谎。纸里包不住火,谎言终究是要被戳穿的。有时是同学受了老师的指派到家里来告知母亲,有时是老师亲自到家里来了。往往的,母亲明白了真相后,会沉默良久。那时我看出,母亲内心里是极其自责的,母亲分明感觉到对不住我这个二儿子。

而哥哥却生气极了,他往往这么谴责我:你为什么要逃学呢?为什么不爱学习呢?上学对于你就是那么不喜欢的事吗?你看你使妈妈多难堪,多难过!你是不对的!还说谎,会给弟弟妹妹们什么影响?!明天我请假,陪你去上学!

却往往的，陪我去上学的是母亲。母亲不愿哥哥因为陪我去上学而耽误他的课。

哥哥谴责我时，我并不分辩。我内心里有多种理由，但那不是几句话就自我辩护得明白的。那会儿，我是恨过我的哥哥的。他一贯以学校为家，以学习为"唯此为大"之事。对于家事，却所知甚少。以他那样一名诸荣加身的优秀学生看来，我这样一个弟弟简直是不可理喻的，也是一个令他蒙羞的弟弟。在我的整个小学时期，我是同学们经常羞辱的"逃学鬼"，在哥哥眼中是一个令他失望的、想喜欢也喜欢不起来的弟弟。

一九六二年，我家搬了一次家。饥饿的年头还没过去，我们竟一个也没饿死，几乎算是奇迹。而哥哥对于我和弟弟妹妹，只不过意味着有一个哥哥。他在家也只不过就是我们学习的榜样。

那一年我该考中学了，哥哥将要考大学了。

六月，父亲回来探家了。那一年父亲明显地老了，而且特别瘦，两腮都塌陷了。他快五十岁了，为了这个家，每天仍要挑挑抬抬的。他竟没在饥饿的年代饿倒累垮，想来也算是我家的幸事了。

一天，屋里只有父亲、母亲和哥哥在的时候，父亲忧郁地说："我快干不动了，孩子们一个个全都上学了，花销比以前大多了，我的工资却十几年来一分钱没涨，往后怎么办呢？"

母亲说:"你也别太犯愁,那么多年苦日子都熬过来了,再熬几年就熬出头了。"

父亲说:"你这么说是怪容易的,实际上你不是也熬得太难了吗?我看,千万别鼓励老大考大学了,让他高中一毕业就找工作吧!"

母亲说:"也不是我非鼓励他考大学,他的老师、同学和校领导都来家里做过我的工作,希望我支持他考大学……"

父亲又对哥哥说:"老大,你要为家庭也为弟弟妹妹们做出牺牲!"

哥哥却说:"爸,我想过了,将来上大学的几年,争取做到不必您给我寄钱。"

父亲火了,大声嚷嚷:"你究竟还是不是我儿子?!难道我在这件事上就一点儿也做不了主了吗?!"

他们都以为我不在家,其实我只不过趴在外屋小炕上看小说呢。那一时刻,我的同情是倾向于父亲一边的。

在父亲的压力之下,哥哥被迫停止了高考复习,托邻居的一种关系,到菜市场去帮着卖菜。

又有一天,哥哥傍晚时回到家里,将他一整天卖菜挣到的两角几分钱交给母亲后,哭了。那一时刻,我的同情又倾向于哥哥了。

他的同学和老师都认为,他天生似乎是可以考上北大或清华的学生。我也特别地怜悯母亲,要求她在父亲和哥哥之间立场坚定地反对哪一方,对于她都未免太难了。是我和哥哥一道将父亲送上返回四川的列车的。父亲从车窗探出头对哥哥说:"老大,我该说的都说了,你自己再三考虑吧!"父亲流泪了,哥哥也流泪了,列车就在那时开动了。等列车开远,我对哥哥说:"哥,我恨你!"依我想来,哥哥即使非要考大学不可,那也应该暂且对父亲说句谎话,以使父亲能心情舒畅一点儿地离家上路,可他居然不。

多年以后,我理解哥哥了。母亲是将他作为一个"理想之子"来终日教诲的,说谎骗人在他看来是极为可耻的,那怎么还能用谎话骗自己的父亲呢?

哥哥没再去卖菜,也没重新开始备考。他病了,嗓子肿得说不出话,躺了三天。同学来了,老师来了,邻居来了,甚至街道干部也来了,所有的人都认为父亲目光短浅,不要听父亲的。连他的中学老师也来了,还带来了退烧消炎的药。居然有那么多的人关心我的哥哥,以至于当年使我心生出了几分嫉妒。直至那时,我在街坊四邻和老师同学眼中,仍是一个太不让家长省心的孩子。

哥哥考上了唐山铁道学院——他是为母亲考那所学院的。哈尔滨当年有不少老俄国时期留下的漂亮的铁路员工房。母亲认为,只要哥哥以后成了铁道工程师,我家也会住上那种漂亮的铁路房。

父亲给家里写了一封有一半错字的亲笔信,以严厉到不能再严厉的词句责骂哥哥。哥哥带着对父亲对家庭对弟弟妹妹的深深的内疚踏上了开往唐山的列车。

我上的中学，恰是哥哥的母校。不久全校的老师几乎都认得我了。有的老师甚至在课堂上问："谁是梁绍先的弟弟？"——哥哥虽然考上的不是清华、北大，但他是在发着烧的情况之下去考的呀！而且他放弃了几所保送大学，而且他是为了遵从母命才考唐山铁道学院的！一九六二年，在哈尔滨市，底层人家出一名大学生，是具有童话色彩的事情。这样的一个家庭，全家人都是受尊敬的。

我这名初中生的虚荣心在当年获得了巨大的满足，我开始以哥哥为荣，我也暗自发誓要好好学习了。第一个学期几科全考下来，平均成绩九十几分，我对自己满怀信心。

饥饿像一只大手，依然攥紧着大多数中国人的胃，从草根草籽到树皮树叶，底层中国人几乎将一切能吃的东西都吃遍了、吃光了，并尝试吃许多自认为可以吃的，以前没吃过不敢吃的东西。父亲在大西北挨饿，哥哥在大学里挨饿，母亲和我们在家里挨饿。哥哥居然还不算学校里家庭生活最困难的学生，他每月仅领到九元钱的助学金。他又成了大学里的学生会干部，故须带头减少口粮定量，据说是为了支援亚非拉人民闹革命。父亲不与哥哥通信，不给他寄钱，也挤不出钱来给他寄。哥哥终于也开始撒谎了——他写信告诉家里，不必为他担什么心，说父亲每月寄给他十元钱。那么，他岂不是每月就有十九元的生活费了么？这在当年是挺高的生活费标准了，于是母亲真的放心了，并因父亲终于肯宽恕哥哥上大学的"罪过"而感动。哥哥还在信中说他投稿也能挣到稿费。其实他投稿无数，只不过挣到了一次稿费，后来听哥哥亲口说才三元……

哥哥第一个假期没探家，来信说是要带头留在学校勤工俭学。第二个假期也没探家，说是为了等到父亲也有了假期，与父亲同时探家。而实际上，他是因为没钱买车票才探不成家。

哥哥上大学的第二个学年开始不久，家里收到了一封学校发来的电报——"梁绍先患精神病，近日将由老师护送回家"。电文是我念给母亲听的。

母亲呆了，我也呆了。

邻居家的叔叔婶婶们都到我家来了，传看着电报，陪母亲研究着，讨论着——精神病与疯了是一个意思，抑或不是？好心的邻居们都说肯定还是有些区别的。我从旁听着，看出邻居们是出于安慰。我的常识告诉我，那完全是一个意思，但是我不忍对母亲说。

母亲一直手拿着电报发呆，一会儿看一眼，一直坐到了天明。

而我虽然躺下了，却也彻夜未眠。

第二天我正上最后一堂课时，班主任老师将我叫出了教室——在一间教研室里，我见到了分别一年的哥哥，还有护送他的两名男老师。那时天已黑了，北方迎来了第一场雪。护送哥哥的老师说哥哥不记得往家走的路了，但对母校路熟如家。

我领着哥哥他们往家走时，哥哥不停地问我：家里还有人吗？父亲是不是已经饿死在大西北了？母亲是不是疯了？弟弟妹妹们是不是成了街头孤儿……

我告诉他母亲并没疯时，不禁泪如泉涌。

那时我最大的悲伤是——母亲将如何面对她已经疯了的"理想之子"？

哥哥回来了，全家人都变得神经衰弱了。因为哥哥不分白天黑夜，几乎终日喃喃自语。仅仅十五平方米的一个破家，想要不听他那种自语声，除非躲到外边去。母亲便增加哥哥的安眠药量，结果情况变得更糟，因为那会使哥哥白天睡得多，夜里更无法入睡，但母亲宁肯那样。那样哥哥白天就不太出家门了，而这不至于使邻居们特别是邻家的孩子们因为突然碰到了他而受惊。如此考虑当然是道德的，但我家的日子从此过得黑白颠倒了。白天哥哥在安眠药的作用下酣睡时，母亲和弟弟妹妹们也尽量补觉。夜晚哥哥喃喃自语开始折磨我们的神经时，我们都凭意志力忍着不烦躁。六口人挤着躺在同一铺炕上，希望听不到是不可能的。当年城市僻街的居民社区，到了夜晚寂静极了。哥哥那种喃喃自语对于家人不啻是一种刑罚。一旦超过两个小时，人的脑仁儿都会剧痛如灼的。而哥哥却似乎一点儿不累，能够整夜自语。他的生物钟也黑白颠倒了。母亲夜里再让他服安眠药，他倒是极听话的，乖乖地接过就服下去。哥哥即使疯了，也还是最听母亲话的儿子。除了喃喃自语是他无法自我控制的，在别的方面，母亲要求他应该怎样不应该怎样，他都表现得很顺从。

弟弟妹妹们临睡前都互相教着用棉团堵耳朵了。母亲睡前也开始服安眠药了。不久我睡前也开始服安眠药了……

两个月后，精神病院通知家里有床位了。

于是一辆精神病院的专车开来，哥哥被几名穿白大褂的男人强制性地推上了车。当时他害怕极了，不知要将他送到哪里去，对他怎么样。母亲为了使他不怕，也上了车。

家人的精神终于得以松弛。而我的学习成绩一败涂地。

我又旷了两天课。也不用服安眠药，在家里睡起了连环觉。

哥哥住了三个月的院，在家中休养了一年。他的精神似乎基本恢复正常了。一年后，他的高中老师将他推荐到一所中学去代课，每月能开三十五元的代课工资了。据说，那所中学的老师们对他上课的水平评价挺高，学生们也挺喜欢上他的课。

那时母亲已没工作可干了，家里的生活仅靠父亲每月寄回的四十元勉强维持。忽一日一下子每月多了三十五元，生活改善的程度简直接近着幸福了。

那是我家生活的黄金时期。

家里还买了鱼缸，养了金鱼。也买了网球拍、象棋、军棋、扑克。在母亲，是为了使哥哥愉快。我和弟弟妹妹们都知道这一点的至关重要，都愿意陪哥哥玩玩。

如今想来，那也是哥哥人生中的黄金时期。

他指导我和弟弟妹妹们的学习十分得法，我们的学习成绩都快速地进步了。我和弟弟妹妹们都特别尊敬他了，他也经常表现出对我们每个弟弟妹妹的关心了。母亲脸上又开始有笑容了。甚至，有媒人到家里来，希望能为哥哥做成大媒了。

又半年后，哥哥的代课经历结束了。

他想他的大学了。

精神病院开出了"完全恢复正常"的诊断书，于是他又接着去圆他的大学梦了。那一年哥哥读的桥梁设计专业迁到四川去了，而父亲也仍在四川。父亲的工资涨了几元，他也转变态度，开始支持哥哥上大学了。父亲请假到哥哥的大学里去看望了哥哥一次，还与专业领导们合影了。哥哥居然又当上了学生会干部，他的老师称赞他跟上学习并不成问题，同意他从大三第一学期开始续读。因为他在家里自学得不错，大二补考的成绩还是中上。

一切似乎都朝良好的方面进展。

那一年已经是一九六五年了。

然而哥哥的大三却没读完——转年，各大学尤其乱得迅猛，乱得彻底。有人"大串联"去了，有人赴京请愿告状了，有人留在学校打"派仗"。

哥哥又被送回了家里。

这一次他成了"政治型"的疯子。

他见到母亲说的第一句话居然是："妈，我不是'反革命'！"

哈尔滨也成了一座骚乱之城，几乎每天都有令人震动的事发生，也时有悲惨恐怖之事发生。全家人都看管不住哥哥了，经常是，一没留意，哥哥又失踪了。也经常是，三天五天找不到。找到后，每见他是挨过打了。谁打的他，在什么情况下挨的打，我和母亲都不得而知。母亲东借西借，为哥哥再次住院凑钱。钱终于凑够了，却住不进精神病院去。精神病人像急性传染病患者一样一天比一天多，床位极度紧张。盼福音似的盼到了入院通知书，准备下的住院费又快花光了。半年后才住上院。那半年里，我和母亲经常在深夜冒着凛冽严寒跟随哥哥满城市四处去"侦察"他幻觉中的"美蒋特务"的活动地点。他说只有他亲自发现了，才能证明自己并非"反革命"。他又整夜整夜地喃喃自语了。他很可怜地对母亲解释，他不是自己非要那样折磨亲人，而是被特务们用仪器操控的结果，还说他的头也被折磨得整天在疼。母亲则只有泪流不止。

在那样的一些日子里，我曾暗自祈祷：上帝啊，让我尽快没了这样的一个哥哥吧！

即使那时我也并没恨过哥哥，只不过太可怜母亲。我怕哪一天母亲也精神崩溃了，那可怎么办呢？对于我和弟弟妹妹们，母亲才是无比重要的。我们都怕因为哥哥这样了，哪一天再失去母亲，怕极了。

哥哥住了三个月的院，花去了不少的钱，都是母亲借的钱。报销单据寄往大学，杳无回音，大学已经彻底瘫痪了。而续不上住院费，哥哥被母亲接回家了，他的病情一点儿也没减轻。

在接下来的一年里,全家人的精神又备受折磨,整天提心吊胆。哥哥接连失踪过几次,有次被关在某中学的地下室,好心人来报信,我和母亲才找到了他,他的眼眶被打青了。还有一次他几乎被当街打死,据说是因为他当众呼喊了句什么反动口号。也有一次是被公安局的"造反派"关押了起来,因为他不知从哪儿搞到了笔和纸,写了一张反动的大字报贴到了公安局门口……

"上山下乡"运动开始了。

我毫不犹豫地第一批就报了名。

每月能挣四十多元钱啊!我要无怨无悔地去挣!那么,家里就交得起住院费了,母亲和弟弟妹妹们就获拯救了。

我下乡的第二年,三弟也下乡了。我和三弟省吃俭用寄回家的钱,几乎全都用以支付哥哥的住院费了。后来四弟工作了,再后来小妹也工作了。他俩的学徒工资头三年每月十八元。尽管如此,还是支付不起哥哥的常年住院费,因为那每月要八十几元。但毕竟的,我们四个弟弟妹妹都能挣钱了。幸而街道挺体恤我家的,经常给开半费住院的证明。而半费的住院者,院方是比较排斥的。故每年还有半年的时间,哥哥是住在家里的。

有一年我回家探亲,家里的窗上安装了铁条,钉了木板,玻璃所剩无几;镜子、相框,甚至暖壶,一概易碎的东西一件没有了,菜刀、碗和盘子都锁在箱子里。

我发现，母亲额上有了一处可怕的疤，很深。那肯定是皮开肉绽所造成的。我还在家里发现了自制的手铐、脚镣、铁链，四弟的工友帮着做的。四弟和小妹谈起哥哥简直都谈虎色变了。四弟说哥哥的病不是从前那种"文疯"的情况了。而母亲含着泪说，她额上的伤疤是被门框撞的。那时刻，我内心里产生了憎恨。我认为哥哥已经注定不是哥哥了，而是魔鬼的化身了。那时刻，我暗自祈祷：上帝啊，为了我的母亲、四弟和小妹的安全，我乞求你，让他早点儿死吧！以往我回家，倘哥哥在住院，我必定是要去看望他两次的。第二天一次，临行一次。那次探亲假期里，我一次也没去看他。临行我对四弟留下了斩钉截铁的嘱咐：能不让他回家就不让他回家！我的一名知青朋友的父亲是民政部的领导，住院费你们别操心，我要让他永远住在精神病院里！我托了那种关系。哥哥便成了精神病院的半费常住患者……而我回到兵团的次年，成了复旦大学的"工农兵学员"。这件事，我是颇犯过犹豫的。因为我一旦离开兵团，意味着每月不能再往家里寄钱了，并且，还需家里定期接济我一笔生活费。我将这顾虑写信告诉了三弟，三弟回信支持我去读书，保证每月可由他给我寄钱。这样的表示，已使我欣然。何况当时，我自觉身体情况不佳，有些撑不住抬大木那么沉重的劳动了，于是下了离开兵团的决心。

在复旦的三年，我只探过一次家，为了省钱。分配到北京电影制片厂后，我又将替哥哥付医药费的义务承担了。为了可持续地承担下去，我曾打算将独身主义实行到底。两个弟弟和小妹先后成家，在父母的一再劝说和催促之下，我也只有成家了。接着自己也有了儿子，将父母接到北京来住，埋头于创作，在北京"送走了"父亲，又将母亲接来北京，攒钱帮助弟弟妹妹改善住房问题……各种责任纷至沓来，使我除了支付住院费一事，简直忘记了还有一个哥哥。哥哥对于我，似乎只成了"一笔支出"的符号。

一九九七年母亲去世时，我坐在病床边，握着母亲的手，问母亲还有什么要嘱咐我的。

母亲望着我，眼角淌下泪来。

母亲说："我真希望你哥跟我一块儿死，那他就不会拖累你了……"

我心大恸，内疚极了，俯身对母亲耳语："妈妈放心，我一定照顾好哥哥，绝不会让他永远在精神病院里……"

当天午夜，母亲也"走了"……

办完母亲丧事的第二天，我住进一家宾馆，命四弟将哥哥从精神病院接回来。

哥哥一见我，高兴得像小孩似的笑了，他说："二弟，我好想你。"

算来，我竟二十余年没见过哥哥了，而他却一眼就认出了我！

我不禁拥抱住他，一时泪如泉涌，心里连说：哥哥，哥哥，实在是对不起！对不起……

我帮哥哥洗了澡,陪他吃了饭,与他在宾馆住了一夜。哥哥以为他从此自由了。而我只能实话实说:现在还不行,但我一定尽快将你接到北京去!

一返回北京,我动用轻易不敢用的存款,在北京郊区买了房子。简易装修,添置家具。半年后,我将哥哥接到了北京,并动员邻家的一个弟弟"二小"一块儿来了。"二小"也是返城知青,常年无稳定工作、稳定住处。我给他开一份工资,由他来照顾哥哥,可谓一举两得。他对哥哥很有感情,由他来替我照顾哥哥,我放心。

于是哥哥的人生,终于接近是一种人生了。

那三年里,哥哥生活得挺幸福,"二小"也挺知足,他们居然都渐胖了。我每星期去看他们,一块儿做饭、吃饭、散步、下棋,有时还一块儿唱歌……

却好景不长,"二小"回哈尔滨探望他自己的哥哥及妹妹时,某日不慎从高处跌下,不幸身亡。这噩耗使我伤心了好多天,我只好向单位请了假,亲自照看哥哥。

我对哥哥说:"哥,二小不能回来照顾你了,他成家了……"

哥哥愣怔良久,竟说:"好事。他也该成家了,咱们应该祝贺他,你寄一份礼给他吧。"

我说:"照办。但是,看来你又得住院了。"

哥哥说:"我明白。"

那年,哥哥快六十岁了。他除了头脑,话语和行动都变得迟钝了,其实没有任何可能具有暴力倾向的表现。相反,倒是每每流露出次等人的自卑来。

我说:"哥,你放心,等我退休了,咱俩一块儿生活。"

哥哥说:"我听你的。"

哥哥在北京先后住过了几家精神病院,有私立的,也有公立的。现在住的这一所医院,据说是北京市各方面条件最好的。每月费用四千元左右。幸而我还有稿费收入,否则,即或身为教授,只怕也还是难以承担。

前几天,我又去医院看他。天气晴好,我俩坐在院子里的长椅上,我看着他喝酸奶,一边和他聊天。在我们眼前,几只野猫慵懒大方地横倒竖卧。而在我们对面,另一张长椅上坐着一对老伴儿,他们中间是一名五十来岁的健壮患者,专心致志、大快朵颐地吃烧鸡。那一对老伴儿,看去是从农村赶来的,都七十五六岁了。二老腿旁,也都斜立着树杈削成的拐棍。他们身上落了一些尘土,一脸疲惫。

我问哥:"你当年为什么非上大学不可?"

哥哥说:"那是一个童话。"

我又问:"为什么是童话?"

哥哥说:"妈妈认为只有那样,才能更好地改变咱们家的穷日子。妈妈编那个童话,我努力实现那个童话。当年我曾下过一种决心,不看着你们几个弟弟妹妹都成家立业了,我自己是绝不会结婚的……"他看着我苦笑。原来哥哥也有过和我一样的想法!我心一疼,黯然无语,呆望着他,像呆望着另一个自己的化身。

哥哥起身将塑料盒扔入垃圾桶,复坐下后,看着一只猫反问:"你跟我说的那件事,也是童话吧?"

"什么事?"我的心还在疼着。

"就是,你保证过的,退休了要把我接出去,和我一起生活……"想来,那一种保证,已是六七年前的事了,不料哥哥始终记着。他显然也一直在盼着。

哥哥已老得很丑了。头发几乎掉光了,牙也不剩几颗了,背驼了,走路极慢了,比许多六十八九岁的人老多了。而他当年,可是一个一身书卷气、儒雅清秀的青年,从高中到大学,追求他的女生多多。

我心又是一疼。

我早已能淡定地正视自己的老了,对哥哥的迅速老去,却是不怎么容易接受的,甚至有几分慌恐、怅惶,正如当年从心理上排斥父亲和母亲无可奈何地老去一样。

"你忘了吗?"哥哥又问,目光迟滞地望着我。我赶紧说:"没忘,哥,你还要再耐心等上两三年……"

"我有耐心。"他信赖地笑了,话说得极自信。随后,眼望向了远处。

其实,我晚年的打算从不曾改变——更老的我,与老态龙钟的哥哥相伴着走向人生的终点,在我看来,倒也别有一种圆满滋味在心头。对于绝大多数的人,人生本就是一堆责任而已。参透此谛,爱情是缘,友情是缘,亲情尤其是缘,不论怎样，皆当润砾成珠。

对面的大娘问："是你什么人呀？"我回答："兄长。"话一出口，自窘起来。现实生活中，谁还说"兄长"二字啊！大娘耳背，转脸问大爷："是他什么人？"大爷大声冲她说："是他老哥！"

我问大娘："你们看望的是什么人啊？"

她说："我儿子。"看儿子一眼，她又说，"儿子，慢点儿吃，别噎着。"

大爷说："为了给他续上住院费，我们把房子卖了。没家了，住女婿家去了……"

他们的儿子津津有味地吃着，似乎老父亲老母亲的话，他一句也没听到。

我心接着一疼。这一次，疼得格外锐利。

我联想到了电视新闻报道的那件事——一位崩溃了毅忍力的母亲，绝望之下毒死了两个一出生便严重智障的女儿；也联想到了电影前辈秦怡在接受采访时讲述的实情——她的患精神病的儿子一犯病往往劈头盖脸地打她……

中国境内，不是所有精神病患者的家里，都有一个有稿费收入的小说家，或一位著名的电影演员啊！

我又暗自祈祷了：上苍啊，人间有些责任，哪怕是最理所当然之亲情责任，亦绝非每一个家庭只靠伦理情怀便承担得了的！您眷顾他们吧，您拯救他们吧！

给哥哥的信

亲爱的哥哥：

提笔给你写此信，真是百感交集。亦羞愧难当，无地自容！

屈指算来，弟弟妹妹们各自成家，哥哥入院，十五六年矣！这十五六年间，我竟一次也没探望过哥哥，甚至也没给哥哥写过一封信，我可算是个什么样的弟弟啊！

回想从前的日子，哥哥没生病时，曾给予过我多少手足关怀和爱护啊！记得有次我感冒发烧，数日不退，哥哥请了假不上学，终日与母亲长守床边，服侍我吃药，用凉毛巾为我退烧。而那正是哥哥小学升中学的考试前夕呀！那一种手足亲情，绵绵温馨，历历在目。

我别的什么都不想吃，只要吃"带馅儿的点心"，哥哥就接了母亲给的两角多钱，二话不说，冒雨跑出家门。那一天的雨多大呀！家中连件雨衣连把雨伞都没有，天又快黑了，哥哥出家门时只头戴了一顶破草帽。哥哥跑遍了家附近的小店，都没有"带馅儿的点心"卖。哥哥为了我这个弟弟能在病中吃上"带馅儿的点心"，却不死心，冒大雨跑往市里去了。手中只攥着两角多钱，自然舍不得花掉一角多钱来回乘车。那样，剩下的钱恐怕连买一块"带馅儿的点心"也不够了。一个多小时后哥哥才回到家里，像落汤鸡，衣服裤子湿得能拧出半盆水！草帽被风刮去了，路上摔了几跤，膝盖也破了，淌着血。可哥哥终于为我买回了两块"带馅儿的点心"。点心因哥哥摔跤掉在雨水里，泡湿了。放在小盘里端在我面前时，已快拿不起来了。哥哥见点心成了那样子，一下就哭了……哥哥反觉太对不起我这个偏想吃"带馅儿的点心"的弟弟！唉，唉，我这个不懂事的弟弟呀，明知天在下雨，明知天快黑了，干吗非想吃"带馅儿的点心"呢？不是借着点儿病由闹矫情吗？

　　还记得我上小学六年级，哥哥刚上高中时，我将家中的一把玻璃刀借给同学家用，被弄丢了。当时父亲已来过家信，说是就要回哈市探家了。父亲是工人。他爱工具。玻璃刀尤其是他认为宝贵的工具。的确啊，在当年，不是哪一个工人想有一把玻璃刀就可以有的。我怕受父亲的责骂，那些日子忐忑不安。而哥哥安慰我，一再说会替我担过。果然，父亲回到家里以后,有天要为家里的破窗换块玻璃,发现玻璃刀不见了,严厉询问,我吓得不敢吱声儿。哥哥鼓起勇气说,是被他借给人了。父亲要哥哥第二天讨回来,哥哥第二天当然是无法将一把玻璃刀交给父亲的。推说忘了。第三天,哥哥不得不"承认"是被自己弄丢了——结果哥哥挨了父亲一耳光。那一耳光是哥哥替我挨的呀……

哥哥的病,完完全全是被一个"穷"字愁苦出来的。哥哥考大学没错。上大学也没错。因为那也是除了父亲而外,母亲及弟弟妹妹们非常支持的呀!父亲自然也有父亲的难处。他当年已五十多岁了,自觉力气大不如前了。对于一名靠力气挣钱的建筑工人,每望着眼面前一个个未成年的儿女,他深受着父亲抚养责任的压力哪!哥哥上大学并非出于一己抱负的自私,父亲反对哥哥上大学,主张哥哥早日工作,也是迫于家境的无奈啊!一句话,一个"穷"字,当年毁了一考入大学就被选为全校学生会主席的哥哥……

我下乡以后,我们还经常通信是不哥哥?别人每将哥哥的信转给我,都会不禁地问:"谁给你写的信,字迹真好,是位练过书法的人吧?"

我将自己写的几首小诗寄给哥哥看,哥哥立刻明白——弟弟心里产生爱了!我也就很快地收到了哥哥的回信——一首词体的回信。太久了,我只能记住其中两句了——"遥遥相望锁唇舌,却将心相印,此情最可珍。"

即使在我下乡那些年,哥哥对我的关怀也依然是那么的温馨，信中每嘱我万勿酣睡于荒野之地，怕我被毒虫和毒蛇咬；嘱我万勿乱吃野果野蘑，怕我中毒；嘱我万勿擅动农机具，怕我出事故；嘱我万勿到河中戏水，怕下乡前还不会游泳的我被溺……

哥哥，自我大学毕业分配在北京以后，和哥哥的通信就中断了。其间回过哈市五六次，每次都来去匆匆，竟每次都没去医院探望过哥哥！这是我最自责，最内疚，最难以原谅自己的！

哥哥，亲爱的哥哥，但是我请求你的原谅和宽恕。家中的居住情况，因弟弟妹妹们各自结婚，二十八平方米的破陋住房，前盖后接，不得不被分隔为四个"单元"。几乎每一尺空间都堆满了东西——这我看在眼里，怎么能不忧愁在心中呢？怎么能让父亲母亲在那样不堪的居住条件之下度过晚年呢？怎么能让弟弟妹妹们在那样不堪的居住条件之下生儿育女呢？连过年过节也不能接哥哥回家团圆，其实，乃因家中已没了哥哥的床位呀！是将哥哥在精神病院那一张床位，当成了哥哥在什么旅馆的永久"包床"啊！细想想，于父母亲和弟弟妹妹，是多么的万般无奈！于哥哥，又是多么的残酷！哥哥的病本没那么严重啊！如果家境不劣，哥哥的病早就好了！哥哥在病中，不是还曾在几所中学代过课吗？从数理化到文史地，不是都讲得很不错吗……

我十余年中，每次回哈，都是身负着特殊使命一样，为家中解决住房问题，为弟弟妹妹解决工作问题呀！是心中想念，却顾不上去医院探望哥哥啊！当年我其实也是心有余而力不足，豁出自尊四处求助，往往的事倍功半罢了……

如今，我可以欣慰地告诉哥哥了——我多年的稿费加上幸逢拆迁，弟弟妹妹的住房都已解决；弟弟妹妹们的工作都较安稳，虽收入低，但过百姓日子总还是过得下去的；弟弟妹妹们的三个女儿，也都上了高中或中专……

如今，我可以欣慰地告诉哥哥了——父母二老还都健在，早已接来北京与我住在一起……

望哥哥接此信后，一切都不必挂念。

春节快到了——春节前，我将雷打不动地回哈市，将哥哥从医院接出，与哥哥共度春节……

今年五月，我将再次回哈市，再次将哥哥从医院接出，陪哥哥旅游半个月……

如哥哥同意，我愿那之后，与哥哥同回北京——哥哥的晚年，可与我生活在一起……

如哥哥心恋哈市亲情旧友多，那么，我将为哥哥在哈市郊区买一套房，装修妥善，布置周全——那里将是哥哥的家。

总之，我不要亲爱的哥哥再住在精神病院里！

总之，我要竭尽全力为哥哥组建一个家庭，为哥哥积攒一笔钱，以保证哥哥晚年能过无忧无虑的正常的家庭生活！

哥哥本来早就是可以像正常人一样过家庭生活的啊！这一点是连医生们心中都清楚的啊！只不过从前弟弟顾不上哥哥，只不过从前弟弟没有那份儿经济能力……

哥哥,亲爱的哥哥——你实实在在是受了天大委屈!哥哥,亲爱的哥哥——耐心等我,我们不久就要在一起过春节了!哥哥,亲爱的哥哥——紧紧地拥抱你!

你亲爱的弟弟绍生
一九九九年一月二十日于北京

"克隆"一个我

结婚以后，对于做父亲，我心理上一直是挺惝惶的。说穿了是怕承担起那一份儿责任。因为此前做哥哥，做弟弟，做儿子的责任，早已使我忧患多多。由于我的坚决，妻忍痛割爱，"舍弃"了我们的第一个孩子。妻深知我极愿有一个女儿，如今每每口出谴言："那头胎必是女儿无疑。"

起初只当玩笑，不以为然，后来渐渐地竟有了罪过感。甚至，数次梦见我那"女儿"——一岁多的一个小裸孩儿，亦灵亦拙地朝我爬过来，其声甜甜怨怨地叫我："爸……"

妻知我陷于认真后，劝我："想开点儿。如果对得起那女儿了，眼前这个大儿子不就不存在了吗？"

话倒是有理，可心内从此平添了一份惆怅。我的罪过感源于这样一种心理——那已然是一个小生命了啊！竟由于我的坚决，我的意志，便没有了出生的权利！我是谁？我是上帝吗？上帝即使真的存在，他漠视生命权利的做法也是该诅咒的啊！那小生命倘若出生，该在这世界上演绎怎样的人生故事呢？我的意志，对于"她"是"不可抗力"。一个凡夫俗子以仿佛上帝般的"不可抗力"，吾语既出便灭绝了一个一旦出生可以编织童年、少年、青年、老年四篇漫长故事的小生命，难道还不是罪过吗？姑且不论那故事精彩或平庸。事实上，在我看来，人的出生本身即奇迹。我破坏了一个奇迹。它永不能再次发生。我极其憎恶我曾经"上帝"过一次……

但这并不意味着我对儿子的爱深受影响。事实上我做了父亲以后，一直视父亲的责任为我人生最主要的责任之一。

我关心他的心脏是否健康。

也关心他的心灵是否健康。

我希望他将来成为这样一个男人——为人处世有原则。善良，富有同情心。不沾染任何纨绔的习气。

有时电视里播映某部打动人心的专题片，我必将他唤来，命他坐我身旁一道看。当然，他往往并不情愿，但不敢违抗。他早已领教我此时是相当严厉的。

我欣慰的是，他的老师们都这么评价他："这孩子特实诚。"我做人有恪守的原则。我当然只能按照我以为好的原则要求我的儿子。我希望他在做人的某些方面像我。我惭愧的是——自从他升入初二以后，我在学习方面一点儿也辅导不了他了。

高一期末考试前,我郑重地对他说:"爸爸已经看到你刻苦用功的状态了,那么分数就顺其自然吧。如果你面对某一科的试卷头脑发蒙,全做不上来,我主张你干脆交白卷。谁也没理由责备自己刻苦用功了的儿子。因为这种责备是可恶的。"

　　考试前一天儿子睡得极酣。

　　我也是。

　　当然,他发挥得也还正常……

当爸的感觉

尽管我的儿子早已不是儿童，而是初二的学生了。尽管我已经纯粹为了自己得以从稿债中解脱，根本不睬他的抗议，拿他做过两次文章了。我常想我若有五个六个儿子就好了，便可轮番写来。甚至可以在几个儿子之间采取小小的"重点政策"，使儿子们相互嫉妒，认为当老子的写了谁，乃是谁的殊荣。那我不是就变被动为主动了么？无奈我只有这么一个儿子。无奈他对我的容忍度，已然放宽到连自己都十分难为情的地步了……

儿子刚刚背着行李，参加军训去了，临走前见我铺开稿纸，煞有介事地思考，犹犹豫豫地写下题目，凑过来瞟了一眼，嘲讽地说："爸，你真天才。从我这么一个平庸的儿子身上，你竟能发现那么多可写的素材！"

我说:"儿子,向你保证,这是最后一次!"

儿子说:"别保证。用不着保证。你发誓我都不会相信!说相声的常拿自己的'二大爷'逗哏儿,你跟相声演员们犯的是同一种职业病。我充分理解!"

我说:"好儿子,谢谢。"

他说:"不用谢。因为我也开始写你了,而且已经公开发表了一篇。"

我一惊,忙问:"发在哪儿了?"

儿子说发在班级的墙报上了。

我这才稍稍心定,又严肃地问:"都写了我些什么?为什么不先让我过过目?"

儿子说:"你写我,也没先征得我的同意啊!咱俩彼此彼此。"

我一时很窘,无话可说……

半夜解题

儿子中考前的一天,刚吃过晚饭就写作业。写到十点半,还有一道几何题没解出来。我几次主动"请缨",说儿子你要不要我和你一块儿攻下这道难题啊?几次都遭到儿子颇不耐烦的拒绝。最后我不顾他的拒绝,粗暴参与。结果正如他所料,既干扰了他的思路,也浪费了他的时间,以己昏昏,使儿子昏昏。那时快十二点了。妻说你还让不让儿子睡觉了?他明天还得上一天课呀!不像你,可以在家里睡懒觉!于是我强行收起他的作业卷，以不容争辩的命令的口吻，催促他洗漱了躺到床上去。儿子也真是困到了极点，头一挨枕便酣然入眠。而我却不再睡得着。用冷水冲了头，强打精神，继续替儿子钻研那道几何难题。半个小时后，我对陪在一旁织毛衣的妻说——老爸出马，一个顶俩，我解出来了！

博得了妻对我羡佩的一笑。

第二天儿子刚起床，我便从自己枕下摸出作业卷，大言不惭地对儿子说："这么简单的题你都不开窍？这有何难的？站到床边儿来，听老爸给你讲讲——这两个直角三角形，有两个角相等，还都有一个角是直角。三角相等，故两个三角形全等。而三角形 A 又等于三角形 B，而三角形 B 又等于……"

儿子脸上便呈现出冷笑。

我生气了，说："儿子你冷笑什么？你的态度怎么这样不谦虚？"

儿子说："两个锐角相等的直角三角形就全等啊！直角三角形哪儿有这么一条定理？"——于是画图使我明白，它们也有可能仅仅是相似……

我愣了半天，讷讷地说："难道……是我想象出了这么一条定理？"

儿子说："反正书上没有，老师也没教过这么一条全等直角三角形的定理。"

我羞惭难当，无地自容，躺在床上挥挥手，大赦了儿子……

我明白——我再也辅导不了儿子数理化了。从那一天起，直至永远。当年我初三下乡。当年的初三数理化教材，比如今的初二教材只低不高。我太不自量力太无自知之明了……

自己承认了这一点，使我内心里涌起一种难言的悲哀。以后，不管他写作业到多么晚，不管他看上去多么需要一个头脑聪明的人的指点和帮助，我是再也不往他跟前凑了……

给儿子写信

按照学校的要求，我得给儿子写一封信，而且此事不让学生知道，更不能让学生看到信。在某次活动中，信将由老师分发给每一名学生，希望以这种方式，在他们普遍十四周岁以后，带给他们每个人一份儿意外的欣喜。

于是我生平第一次给我的儿子写信。

我竟不知在这一封信里该写些什么。我不愿在信中流露出我对他的体恤。因为几乎每一个城市里的初二的儿女都如他一样似箭在弦，他不应格外地得到体恤。我也不愿用信的方式鞭策他。因为他自己早已深知每次在分数竞争中失利，对自己都意味着一种严峻。我不愿在信中写入对他所寄的希望。我不望子成龙。事实上只祈祝他能有幸受到高等教育，而仅仅这一点已使他过早地成熟了。他的日渐成熟正是我倍感欣慰的，同时又是倍感悲哀的。刚刚十四岁就开始思考人生和忧患自己未来的命运，这太令我这个当父亲的替他感到沮丧了。我自己的少年时代就是从忧患之中度过来的。我真不愿他和当年的我一样。当年的我是因为家境的贫寒，如今的他是因为变成了中国的高考制度的奴仆。我极端憎恶这一种现代八股式的高考制度，但我又十分冷静地明白——此一点最是我丝毫也不能流露在字里行间的……

"爸爸，你怎么想了这么久还不写？"

儿子忽然在我背后发问。显然，他站在我背后多时了。我赶紧用一只手捂住稿纸上端——捂住"给儿子的信"一行字。

良久，我听到坐在沙发上的他说："爸，对不起，给你添麻烦了……"顿时，我眼眶有些潮了……

儿子"采访"我

儿子上个星期的一项作业是——采访父母。妻上个星期几乎每天加班，不加班便上夜校，只得由我来接受"采访"，否则儿子就完不成作业。于是我和儿子之间，有了如下一次较为特别的谈话：

"你是哪一年下乡的？"

"这还用问？"

"不问我怎么清楚？"

"一九六八年。"

"哪一年上大学的？"

"一九七四年。"

"哪一年毕业的？"

"一九七七年。"

"你经历过坎坷么?"

"经历过。"

"说说。"

"这还用说?"

"你不说我怎么会知道。"

……

我凝视着儿子,觉得他是那样陌生。或者反过来说,他怎么对我一无所知似的?他要了解他问的那一切,是多么简单!书架上陈列的,几乎每一部书脊上印着我名字的书,都有我的简历。从我的许多篇小说中,都能看到他的老爸的身世。而他从来没有触摸过我的任何一部书一下。那些书对他仿佛根本就不存在。他从来也不曾扫视过那一格书架一眼。他甚至远不及别人家的,比如朋友或邻人的初二的儿女们对我的大致经历有所了解。

有一次我无意中偷听到他和他的几名男同学背地里如此谈论我的书:

"你爸爸可真写了不少书。"

"你别翻他的书!"

"你自己喜欢看么?"

"我为什么要喜欢看他写的书?"

"借我一本看行么?"

"不行!"

听来他似乎生起气来了。

"你干吗这样牛气呀?他这些书迟早会过时的!"

"他这些书已经过时了!以后我也不看他的书。世界上那么多经典还看不过来呢!"

没想到,我以近二十年的精力和心血所获得的创作成果,在他眼里似乎皆是些没有什么意义的,仿佛一文不值的东西。

"你对你至今的人生满意么?"——儿子继续"采访"我。

我回答:"谈不上满意不满意。我的人生已经这样了。我习惯了。"

"假如有一件最使你高兴的事,目前而言那可能是一件什么事?"

我几乎是恶狠狠地回答:"你的学习成绩又前进了五名!"

儿子目不转睛地看了我一阵,淡淡地说:"我的采访结束了,就到这儿吧!"

我意识到,我深深刺伤了儿子的自尊心。正如儿子也深深刺伤过我的自尊心一样。于是我联想到了王朔的小说《我是你爸爸》。进而又想,有一个多少具有点儿精神叛逆色彩的儿子,也好。这样的一个儿子,时刻提醒我明白,我只不过是一个初二男生的父亲。除此之外,也许再什么都不是,更没有任何可得意的资本。儿子在家里教我夹起尾巴做人。

读者,如果你的儿子已经初二了,如果你是一位父亲,我想你一定会同意我的看法——和你初二的儿子交朋友并非一件容易的事。有时他似乎将你当作朋友了,其实在他内心里,你仍然只不过是他的父亲。

当爸的感觉在现代是越来越变得粗糙而暧昧了啊!

心灵的花园

谁不希望拥有一个小小花园,哪怕是一丈之地呢!若有,当代人定会以木栅围起。那木栅,我想也定会以个人的条件和意愿,摆弄得尽可能美观。然后在春季撒下花种,或者移栽花秧。于是,企盼着自己喜爱的花儿,日日地生长、吐蕾,在夏季里姹紫嫣红开成一片。虽在秋季里凋零却并不忧伤。仔细收下了花籽儿,待来年再种,相信花儿能开得更美……

真的,谁不曾怀有过这样的梦想呢?

都市寸土千金,地价炒得越来越高。拥有一个小小花园的希望,对寻常之辈不啻是一种奢望,一种梦想。某些副部级以上的干部,而且是老资格的,才有可能把希望变成现实。于是令寻常之人羡眼㔿斜。

我想,其实谁都有一个小小花园,谁都是有苗圃之地的,这便是我们的内心世界。人的智力需要开发,人的内心世界也是需要开发的。人和动物的区别,除了众所周知的诸多方面,恐怕还在于人有内心世界。心不过是人的一个重要脏器,而内心世界是一种景观,它是由外部世界不断地作用于内心渐渐形成的。每个人都无比关注自己及至亲至爱之人心脏的健损,以至于稍有微疾便惶惶不可终日。但并非每个人都关注自己及至亲至爱之人的内心世界的阴晴,己所无视,遑论他人?

我常"侍弄"我心灵的苗圃。身已不健,心倘尤秽,又岂能活得好些?职业的缘故,使我惯对自己和他人的心灵予以研究。结论是——心灵,亦即我所言内心世界,是与人的身体健康同样重要的。故保健专家和学者们开口必言的一句话,不仅仅是"身体健康",而且是"身心健康"。

我爱我的儿子梁爽。他读小学,这正是一个人的内心世界开始形成的年龄。我也常教他学会如何"侍弄"他那小小心灵的苗圃。"侍弄"这个词,用在此处是很勉强的,不那么贴切,姑且借用之吧!意思无非是——人自己的内心世界如果自己惰于拂拭,是会浮尘厚积、杂草丛生的。也许有人联系到禅家的一桩"公案"——"时时勤拂拭,莫使惹尘埃"之说的"俗"和"心中无一物,何处惹尘埃[1]"之说的"彻悟"。

我系俗人,仅能以俗人的观念和方式教子。至于禅家乃

---

[1] 该偈语应为"本来无一物,何处惹尘埃",此处尊重作者原意保留。

至禅祖们的某些玄言，我一向是抱大不恭的轻慢态度的。认为除了诡辩技巧的机智，没什么真的"深奥"。现代人中，我不曾结识过一个内心完全"虚空"的。满口"虚空"，实际上内心物欲充盈、名利不忘的，倒是大有人在。何况我又不想让我的儿子将来出家，做什么云游高僧。故我对儿子首先的教诲是——人的内心世界，或言人的心灵，大概是最容易招惹尘埃、沾染污垢的，"时时勤拂拭"也无济于事。心灵的清洁卫生只能是相对的，好比人的居处的清洁卫生只能是相对的。而根本不拂拭，甚至不高兴别人指出尘埃和污垢，则是大不可取的态度，好比病人讳疾忌医。

一次儿子放学回到家里，进屋就说："爸爸，今天同学的红领巾被老师收去了！"

我问为什么。

儿子回答："犯错误了呗！把老师气坏了！"那同学是他好朋友，但却有些日子不到家里来玩儿了。我依稀记得他讲过，似乎老师要在他们两者之间选拔一名班干部。

我又问："你高兴？"

他怔怔地瞪着我。

我将他召至跟前，推心置腹地问："跟爸爸说实话，你是不是因此而高兴？"

他便诚实地回答："有点儿。"

我说："你学过一个词，叫'幸灾乐祸'，你能正确解释这个词吗？"

他说:"别人遭到灾祸时自己心里高兴。"

我说:"对。当然,红领巾被老师收去了,还算不得什么灾。但是,你心里已有了这种'幸灾乐祸'的根苗,那么你哪一天听说他生病了、住院了,甚至生命有危险了,说不定你内心里也会暗暗地高兴。"

儿子的目光告诉我,他不相信自己会那样。

我又说:"为什么他的红领巾被老师收去了,你会高兴呢?让爸爸替你分析分析,你想一想对不对?——如果你们老师并不打算在你们两个之间选拔一名班干部,你倒未必幸灾乐祸。如果你心里清楚,老师最终选拔的肯定是你,你也未必幸灾乐祸。你之所以幸灾乐祸,是因为自己感到,他和你被选拔的可能性是相等的,甚至他被选拔的可能性更大些。于是你才因为他犯了错误,惹老师生气了而高兴。你觉得,这么一来,他被选拔的可能性缩小,你自己被选拔的可能性就增大了。你内心里这一种幸灾乐祸的想法,完全是由嫉妒产生的。你看,嫉妒心理多丑恶呀,它竟使人对朋友也幸灾乐祸!"

儿子低下了头。

我接着说:"如果他并没犯错误,而老师最终选拔他当了班干部,你现在幸灾乐祸,就可能变成一种内心里的愤恨了。那就叫嫉妒的愤恨。人心里一旦怀有这一种嫉妒的愤恨,就会进一步干出不计后果、危害别人、危害社会的事,最后就只有自食恶果。一切怀有嫉妒的愤恨的人,最终只有那样一个下场……"

接着我给他讲了两件事——有两个女孩儿,她们原本是好朋友,又都是从小学芭蕾的。一次,老师要从她们两人中间选一个主角。其中一个认为肯定是自己,应该是自己,可老师偏偏选了另一个。于是,她就在演出的头一天晚上将她好朋友的舞裙剪成了一片片。另外有两个女孩儿,是一对小杂技演员。一个是"尖子",也就是被托举起来的;另一个是"底座",也就是将对方托举起来的。她们的演出几乎场场获得热烈的掌声。可那个"底座"不知为什么,内心里怀上了嫉妒,总是莫名其妙地觉得,掌声是为"尖子"一个人鼓的。她觉得不公平。日复一日,那一种暗暗的嫉妒就变成了嫉妒的愤恨。她总是盼望着她的"尖子"出点儿什么不幸才好。终于有一天,她故意失手,制造了一场不幸,使她的"尖子"在演出时当场摔成重伤……

最后我对儿子讲,如果那两个因嫉妒而干伤害别人之事的女孩儿,不是小孩儿是大人,那么她们的行为就是犯罪行为了……

儿子问:"大人也嫉妒吗?"

我说大人尤其嫉妒,一旦嫉妒起来尤其厉害,甚至会因嫉妒杀人放火干种种坏事。也有因嫉妒太久又没机会对被嫉妒的人下手而自杀的……

我说,凡那样的大人,皆因从小的时候开始,就让嫉妒这颗种子,在心灵里深深扎了根。他们的内心世界,不是花园,不是苗圃，而是荆棘密布的乱石岗……

儿子问："爸爸你也嫉妒过吗？"

我说我当然也嫉妒过，直到现在还时常嫉妒比自己幸运比自己优越比自己强的人。我说人嫉妒人是没有办法的事。从伟大的人到普通的人，都有嫉妒之心。没产生过嫉妒心的人是根本没有的。

儿子问："那怎么办呢？"

我说，第一，要明白嫉妒是丑恶的，是邪恶的。嫉妒和羡慕还不一样。羡慕一般不产生危害性，而嫉妒是对他人和社会具有危害性和危险性的。第二，要明白，不可能一切所谓好事，好的机会，都会理所当然地降临在你自己头上。当降临在别人头上时，你应对自己说，我的机会和幸运可能在下一次。而且，有些事情并不重要。比如对于一个小学生来说，当上当不上班干部，并不说明什么。好好儿学习，才是首要的……

儿子虽然只有十几岁，但我经常同他谈心灵。不是什么谈心，而是谈心灵问题。谈嫉妒、谈仇恨、谈自卑、谈虚荣、谈善良、谈友情、谈正直、谈宽容……

不要以为那都是些大人们的话题。十几岁的孩子能懂这些方面的道理了。该懂了。而且，从我儿子看，我认为，他们也很希望懂。我认为，这一切和人的内心世界有关的现象，将来也必和一个人的幸福与否有关。我愿我的儿子将来幸福，所以我提前告诉他这些……

邻居们都很喜欢我的儿子，认为他是个"懂事"的好孩子。同学们跟他也都很友好，觉得和他在一起高兴，愉快。

我因此而高兴，而愉快。

我知道，一个心灵的小花园，"侍弄"得开始美好起来了……

我的梦想

当然,我和一切别人一样,从小到大,是有过多种梦想的。

童年时的梦想是关于"家",具体说是关于房子的。自幼生活在很小又很低矮,半截窗子陷于地下,窗玻璃破碎得没法儿擦,又穷得连块玻璃都舍不得花钱换的家里,梦想有一天住上好房子是多么地符合一个孩子的心思呢?那家冬天透风,夏天漏雨,没有一面墙是白色的。因为那墙是酥得根本无法粉刷的,就像最酥的点心似的,微小的震动都会从墙上落土纷纷。也没有地板,甚至不是砖地,不是水泥地,几乎和外面一样的土地。下雨天,自家人和别人将外边的泥泞随脚带入屋里,屋里也就泥泞一片了。自幼爱清洁的我看不过眼去,便用铲煤灰的小铲子铲。而母亲却总是从旁训我:"别铲啦!再铲屋里就成井了!"——确实,年复一年,屋地被我铲得比外面低了一尺多。以至于有生人来家里，母亲总要迎在门口提醒："当心，慢落脚，别摔着！"

哈尔滨当年有不少独门独院的苏式房屋，院子一般都被整齐的栅栏围着。小时候的我，常伏在栅栏上，透过别人家的窗子，望着别人家的大人孩子活动来活动去的身影，每每望得发呆，心驰神往，仿佛别人家里的某一个孩子便是自己……

因为父亲是中华人民共和国成立后的第一代建筑工人，所以我常做这样的梦——忽一日父亲率领他的工友们，一支庞大的建筑队，从大西北浩浩荡荡地回来了。父亲们以只争朝夕的精神，开推土机推平了我们那一条脏街，接着盖起了一片新房，我家和脏街上的别人家，于是都兴高采烈地搬入新房住了。小时候的梦想是比较现实的，绝不敢企盼父亲们为脏街上的人家盖起独门独院的苏式房，梦境中所呈现的也不过就是一排排简易平房而已。八十年代初，六十多岁胡子花白了的父亲，从四川退休回到了家乡。已届不惑之年的我才终于大梦初醒，意识到凡三十年间寄托于父亲身上的梦想是多么孩子气。并且着实地困惑——一种分明孩子气的梦想，怎么竟可能纠缠了我三十几年。这一种长久的梦想，曾屡屡地出现在我的小说中。以至于有评论家和我的同行曾发表文章对我大加嘲讽：

"房子问题居然也进入了文学，真是中国文学的悲哀和堕落！"

我也平庸，本没梦想过成为作家的。也没经可敬的作家耳提面命地教导过我，究竟什么内容配进入文学而什么内容不配。已经被我很罪过地搞进文学去了，弄得"文学"二字低俗了，我也就只有向文学谢罪了！

但，一个人童年时的梦想，被他写进了小说，即使是梦，毕竟也不属于大罪吧？

现在，哈尔滨市的几条脏街已被铲平。我家和许多别人家的子女一代，都住进了楼房。遗憾的是我的父亲没活到这一天。那几条脏街上的老父亲老母亲们也都没活到这一天。父亲这位新中国第一代建筑工人，凡三十年间，其实内心也有一个梦想，那就是——动迁。我童年时的梦想寄托在他身上，而他的梦想寄托于国家的发展步伐的速度。

有些梦想，是靠人自己的努力完全可以实现的，而有些则完全不能实现，只能寄托于时代的国家的发展步伐的速度。对于大多数人，尤其是这样。比如家电工业发展的速度加快了，大多数中国人拥有电视机和冰箱的愿望，就不再是什么梦想。比如中国目前商品房的价格居高不下，对于大多数中国工薪阶层，买商品房依然属梦想。

少年时，有另一种梦想楔入了我的头脑，那就是当兵，而且是当骑兵。为什么偏偏是当骑兵呢？因为喜欢战马。也因为在电影里，骑兵的作战场面是最雄武的，动感最强的。一名骑在战马上，挥舞战刀，呐喊着冲锋陷阵的骑兵，也是最能体现出兵的英姿的。

头脑中一旦楔入了当兵的梦想，自然而然地，也便常常联想到了牺牲。似乎不畏牺牲，但是很怕牺牲得不够英勇。牺牲得很英勇又如何呢？——那就可以葬在一棵大松树下。战友们会在埋自己的深坑前肃立，脱帽，悲痛落泪。甚至，会对空放排枪……

进而联想——多少年后，有当年最亲密的战友前来自己墓前凭吊，一往情深地说："班长，我看你来了！……"

显然，是因受当年革命电影中英雄主义片段的影响才会产生这种梦想。

由少年而青年，这种梦想的内容随之丰富。还没爱过呢，千万别一上战场就牺牲了！于是关于自己是一名兵的梦想中，穿插进了和一位爱兵的姑娘的恋情。她的模样，始终像电影中的刘三姐。也像茹志鹃精美的短篇小说中那个小媳妇。我——她的兵哥哥，胸前渗出一片鲜血，将死未死，奄奄一息，上身倒在她温软的怀抱中。而她的泪，顺腮淌下，滴在我脸上。她还要悲声为我唱歌儿。都快死了，自然不想听什么英雄的歌儿。要听忧伤的民间小调儿，一吟三叹的那一种。还有，最后的，深深的一吻也是绝不可以取消的。既是诀别之吻，也当是初吻。牺牲前央求了多少次也不肯给予的一吻。二口久吻之际，头一歪，就那么死了——不幸中掺点儿浪漫掺点儿幸福……

当兵的梦想其实在头脑中并没保持太久。因为经历的几次入伍体检，都因不合格而被取消了资格。还因后来从书籍中接受了和平主义的思想,于是祈祷世界上最好是再也不发生战争。祈祷全人类涌现的战斗英雄越少越好。当然,如果未来世界上又发生了法西斯战争,如果兵源需要,我还是很愿意穿上军装当一次为反法西斯而战的老兵的……

在北影住筒子楼内的一间房时,梦想早一天搬入单元楼。

如今这梦想实现了,头脑中不再有关于房子的任何梦想。真的,我怎么就从来也没梦想过住一幢别墅呢?因为从小在很差的房子里住过,思想方法又实际惯了,所以对一切物质条件的要求起点就都不太高了。我家全今没装修过,两个房间还是水泥地。想想小时候家里的土地,让我受了多少累啊!再望望眼前脚下光光滑滑的水泥地,就觉得也挺好……

现在,经常交替产生于头脑中的,只有两种梦想了。

这第一种梦想是,希望能在儿子上大学后,搬到郊区农村去住。可少许多滋扰,免许多应酬,集中更多的时间和精力读书与写作。最想系统读的是史,中国的和西方的,从文学发展史到社会发展史。还想写荒诞的长篇小说。还想写很优美的童话给孩子们看。还想练书法。梦想某一天我的书法也能在字画店里标价出售。不一定非是"荣宝斋"那么显赫的字画店,能在北京官园的字画摊儿上出售就满足了。只要有人肯买,三百元二百元一幅,一手钱一手货,拿去就是。五十元一幅,也行,给点儿就行。当然得雇个人替我守摊儿。卖的钱结算下来,每月够给人家发工资就行。生意若好,我会经常给人家涨工资的。自己有空儿,也愿去守守摊儿,砍砍价。甚而,"老王卖瓜,自卖自夸"几句也无妨。比如,长叹一声,自言自语道:"偌大北京,竟无一人识梁晓声的字么?"——逗别人开心的同时,自己也开心,岂非一小快活?

住到郊区去,有三四间房,小小一个规整的院落就是可以的。但周围的自然环境却要好。应是那种抬头可望山,出门即临河的环境。山当然不能是人见了人愁的秃山,须有林覆之。河呢,当然不能是一条污染了的河。至于河里有没有鱼虾,倒是不怎么考虑的。因为院门前,一口水塘是不能没有的。塘里自己养着鱼虾呢!游着的几十只鸭鹅,当然都该姓梁。此外还要养些鸡,炒着吃还是以鸡蛋为佳。还要养一对兔,兔养了是不杀生的,允许它们在院子的一个角落刨洞,自由自在地生儿育女。纯粹为看着喜欢,养着玩儿。还得养一条大狗,不要狼狗,而要那种傻头傻脑的大个儿柴狗。只要见了形迹可疑的生人知道吠两声向主人报个讯儿就行。还得养一头驴,配一架刷了油的木结构的胶轮驴车。县集八成便在十里以外,心血来潮,阳光明媚的好日子,亲自赶了驴车去集上买东西。驴子当然是去过几次就识路了的,以后再去也就不必管它了。自己尽可以躺在驴车上两眼半睁半闭地哼歌儿,任由它蹄儿嘚嘚地沿路自己前行就是……当然并不每天都去赶集,那驴子不是闲着的时候多么?养它可不是为了看着喜欢养着玩儿,它不是兔儿,是牲口。不能让它变得太懒了。一早一晚也可骑着它四处逛逛。不是驴是匹马,骑着逛就不好了。那样子多脱离农民群众呢?

倘农民见了,定会笑话于我:"瞧这城里搬来的作家,骑驴兜风儿,真逗!"——能博农民们一笑,挺好。农民们的孩子自然是会好奇地围上来的,当然也允许孩子们骑。听我话的孩子,奖励多骑几圈儿。我是知青时当过小学老师,喜欢和孩子们打成一片……

还要养一只奶羊。身体一直不好,需要滋补。妻子、儿子、母亲,都不习惯喝奶。一只奶羊产的奶,我一个人喝,足够了。羊可由村里的孩子们代为饲养,而我的小笔稿费,经常不断的,应用以资助他们好好读书。此种资助方式的可取之处是——他们幼小的心灵中,完全不必念我的什么恩德,能认为是自己的劳动所得,谁也不欠谁什么,最好。

倘那时,记者们还有不辞路远辛苦而前来采访的,尽管驱车前来。同行中还有看得起,愿保持交往的,我也欢迎。不论刮风下雨下雪,自当骑驴于三五里外恭候路边,敬导之……

"老婆,杀鸡!"

"儿子,拿抄子,去水塘网几条鱼!"

如此这般地大声吩咐时,那多来派!

至于我自己,陪客人们山上眺眺,河边坐坐,陪客人们踏野趣,为客人们拍照留念。

将此梦想变为现实,经济方面还是不乏能力的。自觉思考成熟了,某日晚饭后,遂向妻子、儿子、老母亲和盘托出。

却不料首先遭到老母亲的反对。

"我不去。要去你自己去！"老母亲的态度异常坚决。

我说："妈，去吧去吧，农村空气多好哇！"

老母亲说："我一个八十多岁的老太太，需要多少好空气？我看，只要你戒了烟，前后窗开着对流，家里的空气就挺好。"

我说："跟我去吧！咱们还要养头驴，还要配套车呢！我一有空儿就赶驴车拉您四处兜风儿！"

老母亲一撇嘴："我从小儿在农村长大，马车都坐得够够的了，才不稀罕坐你的驴车呢！人家的儿女，买汽车让老爸老妈坐着过瘾，你倒好，打算弄辆驴车对付我！这算什么出息？再者，你们这叫什么地方，叫太平庄不是么？哈尔滨虽够不上大城市的等级，但那叫市！你把我从一个市接来在一个庄，现在又要把我从一个庄弄到一个村去，你这儿子安的什么心？"

我说："妈呀！那您老认为住哪儿才算住在北京了呢？您总不至于想住到天安门城楼上去吧？"

老母亲说："我是孩子么？会那么不懂事儿么？除了天安门，就没更代表北京的地方了么？比如'燕莎'那儿吧！要是能住在那儿的哪一幢高楼里，到了晚上，趴窗看红红绿绿的灯，不好么？"

我说："好，当然是好的。您怎么知道北京有个'燕莎'呢？"

老母亲说:"从电视里呗!"

我说:"妈,您知道'燕莎'那儿的房价多贵么?一平方米就得一万多!"

她说:"明知道你在那儿是买不起一套房子的,所以我也就是梦想梦想呗!怎么,不许?"

我说:"妈,不是许不许的问题,而是……实事求是地说……您的思想怎么变得很资产阶级了啊?"

老母亲生气了,瞪着我道:"我资产阶级?我看你才满脑袋资产阶级呢!现在,资产阶级已经变成你这样式儿的了!现在的资产阶级,开始从城市占领到农村去了!你仗着自己有点儿稿费收入,还要雇人家农民的孩子替你放奶羊,你不是资产阶级是什么?那头驴你自己有常性饲养么?肯定没有吧?新鲜劲儿一过也得雇人饲养吧?还要有私家的水塘养鱼!我问你,你一个人一年吃得了几条鱼?吃几条买几条不就行了么?烧包!我看你是资产阶级加地主!……"

我的梦想受到老母亲严厉的批判,一时有点儿懵懂。愣了片刻,望着儿子说:"那么,儿子你的意见呢?"

儿子干干脆脆地回答了两个字是——"休想。"

我板起脸训道:"你不去不行!因为我是你爸爸。就算我向你提出要求,你也得服从!"

儿子说:"你不能干涉我的居住权。这是违法的。法律面前,父子平等。何况,我目前还是学生。一年后就该高考了!"

我说:"那就等你大学毕业后去!"

他说:"大学毕业后,我不工作了?工作单位在城市,我住农村怎么去上班?"智者千虑,必有一失,这个问题我还真没考虑。儿子不去农村,分明有正当的理由。

我又愣片刻,期期艾艾地说:"那……你可要保证常到农村去看老爸!我就你这么一个儿子,你有关心我的责任和义务!其实,对你也不算什么负担。将来你结婚了,小两口儿一块儿去!"

儿子淡淡地说:"那就要具体情况具体分析,看我们有没有那份儿时间和精力了!"

我说:"去了对你们有好处!等于周末郊游了么!回来时,老爸还要给你们带上些新鲜的蔬菜瓜果。当然都是自家种的绿色植物!……"

妻子这时插言了:"哎等等,等等,梁晓声同志,先把话说清楚,自家种的,究竟是谁种的?你自己亲手种的么?……"

老母亲又一撇嘴:"他?……有那闲心?还不是又得雇人种!富农思想!地主思想!比资产阶级思想还不如!……"

我不理她们,继续说服儿子:"儿子,亲爱的儿子呀,你们小两口每次去,老爸还要给你准备一些新下的鸡蛋,刚腌好的鸭蛋、鹅蛋!还有鱼,都给你们剖了膛,刮了鳞,收拾得干干净净的……"

妻子插言道:"真贱!"

我吼她:"你别挑拨离间!我现在要的是儿子的一种态度!"

儿子终于放下晚报,语气郑重地说:"我们带回那么些杂七杂八干什么?你收拾得再干净,我们不也得做熟了吃么?我们将来吃,相中一个小饭店,去了就吃,吃了就走,那多省事儿!"

儿子一说完,看也不看我,起身回他的房间写作业去了……

妻子幸灾乐祸地一拍手:"嘿,白贱。儿子根本没领情儿。"

我大为扫兴,长叹一声,沮丧地说:"那么,只有我们上了!"

妻说:"哎哎哎,说清楚说清楚——你那'我们',除了你自己,还有谁?"

我说:"你呀。你是我妻子呀!你也不去,咱俩分居呀?"

妻说:"你去了,整天看书、写作,再不就骑驴玩儿,我陪你去了干什么?替你洗衣服、做饭?"

我说:"那么点儿活还能累着你?"

妻说:"累倒是累不着。但我其余的时间干什么?"

我再次发愣——这个问题,也忽略了没考虑。我吭哧了半天,嗫嗫嚅嚅地说:"那你就找农民的妻子们聊天嘛!"

妻说:"你当农民们的妻子都闲着没事儿哇?人家什么

什么都承包了,才没精力陪城里的女人聊大天呢!只有老太太们才是农村的闲人!"

"那你就和她们聊……"

"呸!……"

"你们都不去,我也还是要去的!我请个人照顾我!"

"可以!我帮你物色个半老不老的女人,要四川的?还是河南的?安徽的?你去农村,我和儿子,包括咱妈,心理上还获得解放了呢!是不妈?"

老母亲连连点头:"那是,那是……"

我抗议地说:"我在家又妨碍你们什么了?"

老母亲说:"你一开始写东西,我们就大声儿不敢出。你压迫了我们很久,自己不明白么?还问!"

我的脾气终于大发作,冲妻嚷:"我才用不着你物色呢!我才不找半老不老的呢!我要自己物色,我要找年轻的,模样儿讨人喜欢的,性子温顺的,善解人意的!……"

妻也嚷:"妈,你听,你听!他要找那样儿的!……"

老母亲威严地说:"他敢!"——手指一戳我额心:"生花花肠子了,啊?!还反了你了呢!要去农村,你就自己去!半老不老的也不许找了!有志气,你就一切自力更生!"

哦,哦,我的美好的梦想啊,就这样,被妻子、儿子、老母亲,联合起来彻底捣碎了!

此后我再也没在家里重提过那梦想。

一次,当着一位朋友又说——朋友耐心听罢,慢条斯理地开口道:"你老母亲批判你,没批判错。你那梦想,骨子里是很资产阶级!那是时髦呀!你要真当北京人当腻歪了,好办!我替你联系一个农村人和你换户口,还保证你得一笔钱,干不?"

我脸红了,声明我没打算连北京户口也不要了……

朋友冷笑道:"猜你也是这样!北京人的身份,那是要永远保留着的,却装出讨厌大都市,向往农村的姿态。说你时髦,就时髦在这儿……"

我说:"我不是装出……"

朋友说:"那就干脆连户口也换了!"

我张张嘴,一时不知再说什么好。

此后,我对任何人都不敢再提我那自觉美好的梦想了。

但——几间红砖房,一个不大不小的农家院落,院门前的水塘、驴、刷了油漆的木结构的胶轮车等等梦想中的实景实物,常入我梦——要不怎么叫梦想呢……

现在,我就剩下一个梦想了。那是——在一处不太热闹也不太冷清的街角,开一间小饭店。面积不必太大,一百多平方米足矣。装修不必太高档,过得去就行。不为赚钱,只为写作之余,能伏在柜台上,近距离地观察形形色色的人,倾听他们彼此的交谈。也不是为了收集什么写作的素材,我写作不靠这么收集素材。根本就与写作无关的一个梦想。

究竟图什么?

也许,仅仅企图变成一个毫无动机的听客和看客吧!既毫无动机,则对别人无害。

为什么自己变得喜欢这样了呢?

连自己也不清楚。

任何两个人的交谈或几个人的交叉交谈,依我想来,只要其内容属于闲谈的性质——本身都是一部部书,一部部意识流风格的书。

觉得自己融在这样一部部书里,觉得自己的存在毫无意义地消解在那样的,也毫无意义的意识流里,有时其实是极好的感觉。我的第二种梦想,与我对那一种感觉的渴望有关。经常希望在某一时间和某一空间内,变成一棵植物似的一个人——

听到了,看见了,但是绝不走脑子,也不产生什么想法。只为自己有能听到和能看见的本能而愉悦。好比一棵植物,在阳光下懒洋洋地垂卷它的叶子,而在雨季里舒展叶子的本能一样。倘叶子那一时也是愉快的,我的第二种梦想,与拥抱住类似的愉快有关……